나만 알고 있는 당신의 커피

나만 알고 있는 당신의 커피

초판 1쇄 발행 2023년 7월 31일

지은이 조엘(Joel Park), 아토(ato_season, 소형섭)

펴낸곳 크레파스북 **펴낸이** 장미옥 **편집** 정미현, 박민정
디자인 김지우 **마케팅** 김주희

출판등록 2017년 8월 23일 제2017-000292호
주소 서울시 마포구 성지길 25-11 오구빌딩 3층
전화 02-701-0633 **팩스** 02-717-2285 **이메일** creb@bcrepas.com
인스타그램 www.instagram.com/crepas_book
페이스북 www.facebook.com/crepasbook
네이버포스트 post.naver.com/crepas_book

ISBN 979-11-89586-66-9(03810)
정가 15,000원

이 도서의 국립중앙도서관 출판예정도서목록CIP은
서지정보유통지원시스템 홈페이지(http://seoji.nl.go.kr)와
국가자료종합목록 구축시스템(http://kolis-net.nl.go.kr)에서 이용하실 수 있습니다.

나만 알고 있는 당신의 커피

글 조엘 | 사진 아토

크레파스북

커피도 사람도 매혹적인
골드코스트에 머물다

한국에서 태어나고 평범하게 자랐다. 대학교에 다니게 된 것이 그나마 기념할 만한 일이었다. 스무 살이 되어 친구가 부르는 곳으로 첫 해외 여행을 했을 때 한국 땅을 벗어나 낯선 땅에 발을 내딛자마자 내면에 숨어있던 다른 영혼을 발견하게 됐다. 자유로운 영혼을. 여행은 만족을 허락하지 않았고 삶을 더 초조하게 만들었다. 공부는 뒷전이 됐다. 다양한 일을 하면서 돈이 모이는 대로 여행을 했다. 이십 대 후반이 되니 서른 곳이 넘는 나라를 여행하고 있었다. 그러다 한국에서 사업을 시작했는데 그때는 그것이 현실이자 운명이라고 생각했다. 사업과 여행에 닮은 점이 있다면 강물과 같아서 직접 뛰어 들지 않으면 그 깊이를 알 수 없다는 것이다. 사업을 하며 마주한 치열함은 호기를 단박에 집어 삼켜버렸고, 최선을 다하는 것이 옳다고 생각하며 부단히 전진하고자 했지만 그것이 현명한 선택이 아님을 알게 됐다. 다시 여행을 해야겠다고 생각했다. 더 길게 더 멀리 가는 여행을.

많은 나라를 두고 고민하다 십 년 전에 다녀온 호주의 골드코스트를 생각했다. 벌리헤즈 캠핑장에서 바라본 아름다운 해변과 여유가 넘치던 일상이 선명히 아른거렸다. 충분한 시간을 들여 그 일상을 살아보고 싶었다. 남의 나라에서 계획에 없던 카페를 운영하면서 살아가는 삶은 분주했지만 충분한 여유까지 있었다. 커피도 사람도 모두 신선하고 매혹적이다. 커피 없이 못 사는 호주 사람은 꾸준히 카페를 들락거리며 이야기를 만들어낸다. 그리고 호주의 커피, 사람과 그들의 살아가는 이야기를 많은 사람들에게 전하게 되기를 고대했다.

호주는 거대한 국토의 지극히 일부분에만 사람이 살고 있다. 자급자족을 넘어서 엄청난 자원을 수출하며 수많은 관광객과 이민자들이 찾아온다. 자연 환경을 지키는 데 혈안이 되어 있고 어린 아이와 동물을 끔찍히 사랑하는 이 나라의 미래는 아주 밝다. 호주와는 사뭇 다른 미래가 있는 한국에 이 땅에서 경험한 낭만과 희망을 소개해 주고 싶은 욕심이 절로 든다. 그 욕심은 집필로 이어졌고, 밝은 미래를 꿈꾸며 낭만과 희망이 갈급한 누군가에게 가 닿기를 바라본다.

2023년 06월

Joel Park

목 차

책을 펴내며 커피도 사람도 매혹적인 골드코스트에 머물다 004

골드코스트,
절망과 기회를 만나다

골드코스트, 황금 해변의 도시에 닿다 012

바리스타에게 새로운 시도는 금물 022

네 가지의 선택지, 그리고 또 다른 선택 030

아는 만큼 보이는 기회 036

커피의 나라에서 커피를 파는 한국인 048

커피 앞에서는 모두가 평등하다 058

덮친 데 엎친 격 062

위기 뒤에 찾아온 천금 같은 기회 074

커피를 만드는 시간,
커피를 마시는 삶

이제는 원하는 것만 해줄게요 082
소냐의 스키니 플랫화이트

50센트의 힘 088
세르지오의 피콜로

호의라는 강력한 무기 100
후안의 카푸치노

나의 가장 오래된 단골을 소개합니다 108
네이슨의 플랫화이트

잘 가요! 내 커피를 잊지 말아요 116
사이먼의 프렌치토스트

주문만 해요, 이력서는 넣어둬요 124
멜라니의 아몬드 라테

내 커피가 위로가 된다면 132
나타샤의 지밀 모카

좋은 커피 만들기는 그리 어렵지 않아 140
앤드류의 소이 플랫화이트

맛있는 커피는 설탕이 필요 없다 158
조앤의 바닐라 라테

근육질에 타투를 휘감은 소중한 내 손님 154
코리와 브리트니의 아몬드 카푸치노, 그리고 소이 플랫화이트

둘째 아이도 내 단골로 만들어줘요 160
쿠이니의 카푸치노

꿀 떨어지는 노부부와 이야기하는 시간 166
로버트와 빅토리아의 더블 에스프레소, 그리고 소이 플랫화이트

제발 돌아와 줘요, 건강한 모습으로 172
브라이언의 스위트 플랫화이트

커피와 함께하는 삶,
커피잔에 담긴 이야기

콜라병 대신 커피잔을 든 노숙자 180
자넷의 카푸치노

괜찮아요, 나는 배려심이 많은 걸요 186
토니와 클라우스의 스트롱 플랫화이트

제발 내 전화번호를 가져요 192
애니의 하프 스트롱 라테

환상의 섬에서 온 남자, 그가 사는 법 198
존의 아사이 스무디

너의 행복이 곧 골드코스트의 행복이야 206
이합의 피콜로

두바이에서 골드코스트 롤을 팔아볼까? 212
자예드의 골드코스트 롤

다시는 외도하지 말아줘요 222
올리의 버터 밀크 프라이 치킨버거

땅끝까지 차이 라테를 전파하라 230
모모의 소이 차이 라테

얼어 죽어도 아이스로 주세요 236
팍시의 엑스트라 아이스 소이 라테

우유 탓이 아니에요, 내 실수예요 242
키트와 타이의 아몬드 바닐라 라테

당신의 로또에 행운이 깃들기를 248
피터와 애시의 더티 차이 라테

식성은 다르지만 취향은 같아요 254
에드워드와 형제들의 에그 온 토스트

바리스타지만 페인트칠도 가능해요 262
프랭크의 카푸치노

당신은 훌륭해요, 외상은 달갑지 않지만 268
케빈의 크루아상

에필로그 스스로 던진 질문에 답을 찾아가는 시간 276

골드코스트,
절망과 기회를 만나다

01

sunglass hut

골드코스트,
황금 해변의 도시에 닿다

2006년 봄, 캐나다 밴쿠버로 가는 항공권을 들고 공항에 도착했다. 하지만 비행기를 탈 수 없었다. 샌프란시스코를 경유하는 데 필요한 비자를 발급받지 않은 것이다. 캠핑을 할 계획으로 가방에는 먹을거리가 가득했고, 집으로 돌아갈 생각은 전혀 나지 않았다. 어느 나라로 갈까 고민하다 워킹홀리데이를 하겠다며 호주 골드코스트로 떠난 지인이 떠올랐다. 호주와의 인연은 이렇게 시작됐다.

여행이 너무 좋아 간간이 벌어 틈틈이 여행을 다니며 살았다. 여행을 위해 살았다고 해도 과언이 아닐 정도였다. 20대 후반이 되었을 때 뭔가에 홀린 듯 사업을 시작했다. 5년 가까이 되는 시간 동안 좋은 것, 나쁜 것 모두 맛보고 나서야 내가 어디에 있는지 보였다. 있고 싶은 곳이 아니고, 있어야 할 곳도 아닌 곳에 있는 것 같았다. 그렇게 하던 일을 모두 정리했다.

사업을 하면서 생긴 경제적인 여유 덕분에 여행을 실컷 했음에도 여행에 대한 갈증은 쉽게 가실 생각을 하지 않았다. 하던 일도 정리했겠다 여기저기 쫓기듯이 헤집고 다니는 여행이 아니라 적어도 1년은 한곳에서 살아보는 일에 강한 호기심이 생겼다. 여행을 다닐 때마다 매일 짐을 꾸리고 짊어지고 다니는 것이 권태스러운 이유도 있었다.

캐나다 밴쿠버, 독일 뮌헨, 그리고 호주 골드코스트 중에서 고민하기 시작했다. 하지만 캐나다 밴쿠버는 매일 흐리고 비가 오는 혹독한 겨울이 있고, 독일 뮌헨은 적지 않은 나이에 새로운 언어를 배워야 한다는 점이 부담스러웠다. 호주 골드코스트라면 한국의 겨울을 피해 여름을 보내려 네다섯 번 왔었는데 올 때마다 좋았다. 볼 때마다 반가운 사람과 같은 장소에서 같이 살아보면 더 좋아질 것 같았다.

그렇게 서른 중반에 '호주 골드코스트 정착'이라는 크고 무거운 기대를 안고 새로운 도전에 나섰다. 교통비를 쓰고, 길 위에서 시간을 허비하는 것이 싫어 도심에 살기로 했다. 이민자들이 많이 사는 사우스포트 중심에 위치한 셰어 아파트를 구했다. 방이 3개인 고층 아파트는 실로 경이로운 전망을 갖고 있었지만 저마다 살인적인 렌트비를 절약하고자 두 명이 한 방에 생활하고 있었다.

호주로 오기 전 버킷 리스트에 있던 캐나다 로키 산맥의 보석과도 같은 레이크 루이스를 보기 위해 한 달간 여행을 하고 골드코스트에 도착해 보니 1년짜리 학생비자를 신청하는 데 필요한 비용과 한 달 동안 먹고 자는 데 필요한 백만 원 정도가 남아 있었다. 아파트부터 장을 보러 들르는 마트와의 거리는 익숙했지만 그 외에 모든 것이 새로웠다. 오랜만에 학교를 다닌다는 것은 설렘보다 번거로움이 컸고, 생활비라도 벌고자 일할 곳을 찾는 것도 낯설었다. 매일 남들과 공유하는 주방에서 만든 요리로 배를 채우고, 남아도는 시간을 이용해 꾸준히 운동을 했다. 가끔 지인이 부르면 나가서 살아가는 데 도움이 될 만한 장소를 다녀오고, 어떤 기회들이 도처에 있을까 면밀히 살피면서 시간을 보냈다.

실제로 여러 날을 살아보니 몇 가지 예상하지 못했던 것들을 발견하게 됐다. 그중에 하나는 단연 일자리를 구하는 것이 쉽지 않다는 것이었다. 분명 많은 사업장이 구인을 하고 있지만 대부분 최저임금 이하를 현금으로 주는 곳이었고, 법정 시급을 주는 곳이라면 완벽한 영어 실력을 구사하고, 경험이 충분해야 하며, 비자 또한 충분한 기간을 보장받았든지 영주권이 있어야 가능했다. 거기에 나이나 성별을 따지는 곳도 대다수였다. 애초에 한국인 사업장에서 일하고 싶은 생각은 없었지만 현실은 이러했다.

로컬 일자리는 법정 시급 이상을 주는 것이 당연하지만 특수한 상황을 제외하고는 외국인을 채용하려 들지 않는다. 한국에서 카페를 운영하는 사람이 한국어가 능숙하지 않은 외국인을 굳이 채용하지 않는 것과 같으리라. 하지만 호주는 인구의 4분의 1이 이민자로 이루어진 나라다. 외국인을 채용하지 않는 것뿐이지 어디를 가도 다양한 인종이 한데 어우러져 일하고 있다. 은행이나 학교, 슈퍼마켓이나 카페에 가도 백인들만 일하는 곳을 오히려 찾기 힘들다.

호주 어디를 가도 여유와 기회가 넘쳐날 것 같지만 사람 사는 곳은 어디에나 경쟁과 편견이 존재한다. 이 점을 인지하며 신중하고 성실한 자세로 호주에 자리를 잡아가는 사람은 기지와 끈기가 받쳐주는 한 빈곤해지지 않는다고 들었다. 이제 그것을 몸소 확인해 보기로 한 것이다.

아파트 맞은편에는 공간을 대여해주는 커뮤니티 센터가 있었다. 댄스 교습이나 독서 모임을 할 때면 필요한 만큼의 공간과 시간을 정해 저렴하게 빌려서 사용하는데 어느 한인교회가 일요일마다 이 공간을 사용하고 있었다. 어느 일요일 오전, 기나긴 잠에서 깨어나 교회에 갔다. 규모가 작은 덕분에 모든 사람의 관심이 나에게 쏠려서 아주 점잖은 취조를 받았다. 하지만 교회에서 만난 사람 덕분에 일자리를 소개받게 되었다. 마침 수중에 돈이 떨어져 갈 때였다.

@ato_season

네랑이라는 한적한 동네의 시청 맞은편에 위치한 카페인데 일주일에 사흘만 일하면 된다고 했다. 손님이 많은 카페지만 나날이 손님이 조금씩 줄고 있어 일은 그렇게 어렵지 않을 거라고 했다.

호주의 최저 시급은 20달러 정도지만 실제로 그것보다 더 많으니 한국이나 미국의 두 배 정도로 생각하면 된다. 대신 일의 압박감도 두 배에 가깝다. 쉬는 시간을 분 단위로 쪼개서 사용할 정도다. 카페를 예로 들자면 일주일에 20시간 정도 일하는 파트타임 잡과 주에 40시간 정도 일하는 풀타임 잡이 있는데 사업주로부터 시간당 5분 정도의 유급휴가, 급여의 10퍼센트는 퇴직금 개념의 슈퍼에뉴에이션(Superannuation)을 무조건 받게 되어 있다. 거기에 워크커버(Work Cover)라는 산재보험도 의무이니 아르바이트생도 노동자의 권익을 충분히 누리는 곳이다.

카페는 내가 사는 곳에서 자동차로 20분 정도 거리에 있었다. 호주에서 자동차로 20분 거리는 집 근처나 다름없다. 카페 근처에는 시청 건물 외에는 아무것도 없었다. 카페는 500명 정도 되는 시청 직원들 덕분에 오전 내내 계산대 앞이 북적였다. 손님들이 폭풍처럼 왔다 사라지고 나서야 매니저와 이야기를 나눌 수 있었다. 한국에서 커피 머신으로 커피를 내려본 적이 있다고 했고, 매니저는 몇 가지 당부를 했다.

오전 시간은 상상을 초월할 정도로 바빴다. 시청 근처에 유일한 카페답게 카페인을 충전하고, 갈증과 허기를 달래려는 사람들로 출근 시간 전, 모닝 티타임 브레이크, 점심시간이 되면 계산대 앞이 붐볐다.

카페에서 일하면서 커피를 직접 만들어 마셔 보고, 브레이크 타임이 되면 몇 가지 음식도 먹어 보았다. 커피는 지독하게 쓰고 떫었으며 음식에 들어가는 재료들은 누가 봐도 폐기 직전의 것들이라 씹으면 씹을수록 고달파지곤 했다. 쇼케이스에 영원할 것처럼 자리 잡은 샌드위치는 2~3일이 지난 것도 있었고 디저트라는 것은 심하게 달고 딱딱했다. 차차 알게 되었지만 호주는 이런 곳이었다. 사람들의 입맛은 인구와 편의시설이 적을수록 까다롭지 않았다. 오히려 매일 반갑게 인사하고 "원더풀!"이라며 계산을 하고 주문한 음식이나 커피를 가져갔다. 호주 사람들은 누군가 망치로 머리를 치지 않는 이상 불평 없이 늘 마시던 커피를 마시고 먹던 것을 먹는다. 사업가 기질이 다분한 사람에게 이런 시장은 대단한 발견이었다. 고기를 잡아 손질을 해야 팔 수 있을 텐데, 그러지 않아도 팔리는 곳 같다고 해야 할까. 적당히 대충해도 잘 굴러가는 곳 같았다. 시급은 전임자가 받던 대로 주중에는 시간당 23달러, 주말에는 26달러를 받았다. 여기에 야간 수당은 1.5배를 받고 공휴일에는 2배의 시급을 받았다. 호주에서 일자리 구하는 것은 생각보다 어렵지만 나는 운이 좋았다.

하는 일에 비해 많이 받는다고 생각하니 일이 어렵지도 않았다. 단지 바쁜 시간은 '적당히'가 아니라 미친 듯이 바빠서 매번 혼을

앗아갔고, 가끔 알아들을 수 없는 호주식 영어가 발목을 잡았다. 호주 남부에서 온 나이 지긋하신 분들은 영어가 아니라 다른 언어를 사용하는 것 같았다. 거기에 전화 주문을 받아야 했고, 간혹 맛이 이상하다며 불만을 제기하는 손님을 대하는 건 고역이었다. 잘못 만든 것이 아니라 잘못된 것으로 만들었기에 손님의 미각을 정지시키지 않는 이상 해결할 방법이 없었다.

매니저에게 마감 시간이 되면 무수한 일들을 혼자 해야 하는지, 이 시간 안에 이 많은 일을 해야 하는 게 맞는지 진지하게 물었다. "이곳에서는 이렇게 해. 시간 안에 못하겠다면 하겠다는 사람을 찾으면 되지." 매니저의 대답은 단호했다.

BREAD
©ato_season

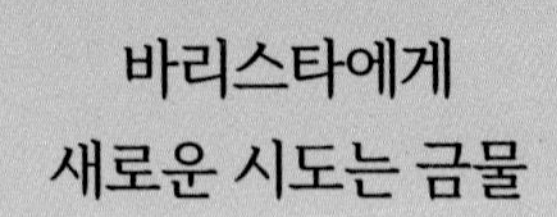

바리스타에게
새로운 시도는 금물

ⓒato_season

호주 대부분의 카페는 아침 6시에서 7시 사이에 문을 열고 오후 2시에서 3시 사이에 문을 닫는다. 호주 사람들은 유난히도 일찍 일어나서 일찍 잠자리에 드는데, 심지어 5시 30분에 문을 여는 카페도 있다. 아이가 태어나면 걸음마와 수영 중에 무엇을 먼저 배울지 선택하는 호주답게 스케이팅 보드나 서핑과 함께 살아가는 사람을 쉽게 볼 수 있다. 대부분 도시가 해안가에 위치한 호주는 대양에서 밀려 오는 힘찬 파도가 끊임없이 몰아치는데 해 뜨기 전 파도는 잠시 화를 가라앉히고 휴식을 취한다. 그때가 서핑하기 가장 좋은 시간이다. 사람들이 그 시간대에 일어나서 서핑을 즐기고 출근을 하기 때문에 카페는 그 시간에 맞춰 문을 열고 커피를 만들기 시작하는 것이다.

카페는 9시 전까지 출근 전 커피를 찾는 사람들로 바쁘다가 겨우 물 한 모금 정도 마실 시간을 허락한 다음 티타임이 시작되는 10시 30분이 되면 더욱 바빠진다. 커피 애호가는 하루에 2~3잔의 커피를 마시는데 아침에 일어나 6시쯤 커피를 마시고, 11시 전에 소위 '약발'이 떨어질 때쯤 또 마시고, 그리고 점심을 먹고 3시쯤 되면 한 잔을 더 마신다.

호주 사람들은 자신이 정한 한계선을 잘 넘어가지 않는다. 한국 사람은 낮과 밤을 가리지 않고 미팅을 할 때도 주로 커피를 마시지만 호주 사람은 자신이 정해 놓은 시간에 정해 놓은 커피만 마신다. 비슷한 이유로 과음도 하지 않는다. 회식 문화도 없고, 보틀숍에서만

술을 살 수 있으며, 도심에만 있는 몇 안 되는 술집은 밤 11시쯤이면 닫기 시작한다. 삶의 질은 주량에 비례하지 않는다. 어디를 가나 동식물, 어린이, 약자가 먼저이며 공장이 없는 광활한 땅 호주의 공기는 흡사 미네랄 워터를 마시는 느낌이다. 공원이나 해변을 거닐다 보면 대단히 맑고 건강한 삶을 살아가고 있구나, 하고 느끼게 된다.

여러 나라를 여행하다 깨달은 사실 한 가지는 사람이 조금이라도 모여 사는 도시라면 어디를 가나 카페가 있고 커피를 만든다는 것이다. 저마다 차이는 있지만 커피의 고유함은 어디서나 쉽게 경험할 수 있다. 호주 역시 커피 부심으로 잘 알려진 곳이다. 어디를 가나 카페가 있다. 호주 사람에게 커피를 빼앗아 버리면 수일 내로 자멸할지 모른다. 카페에서 일해보니 그 사실은 더욱 공감되었다. 호주 커피가 다른 나라와 몇 가지 다른 점이 있다면 플랫화이트, 피콜로 라테와 같은 이색적인 메뉴가 있다는 것과 카푸치노에 시나몬 대신 초콜릿을 올려준다는 것이다. 그리고 가장 중요한 것은 대부분 '일관성' 있는 커피를 '일관성' 있게 마신다는 것이다.

그 일관성이란 하루에 2잔의 커피를 마신다면 8시에 첫 번째 커피를 마시고 11시에 두 번째 커피를 마신다. 시간을 어기는 법은 없다. 늘 똑같은 커피를 마시는 것은 물론 같은 자리에서 커피를 기다리는 것도 마찬가지다. 새로운 것에 눈길을 주지만 적극적으로 체험하려 들지 않는다. 자기 집 앞에 새로운 카페가 오픈했다고 해도 늘 자신이 커피를 마시던 카페로 간다. 그 사람이 새로운 카페에 들어가는 날은 자신이 가는 카페가 문을 닫았거나 정신이 반쯤 나갔을 때다.

호주 커피의 특징 중 하나는 우유를 넣은 화이트커피가 주를 이룬다는 것이다. 95퍼센트 정도는 화이트커피를 마시는 것 같다. 게다가 대부분이 뜨거운 커피를 마신다. 그래서 호주에는 아이스 메이커가 없는 카페도 있다. 전체 커피에서 5퍼센트 정도 되는 블랙커피는 대부분 아시안이 찾는다. 호주 사람들은 우유를 좋아하는 만큼 우유의 종류 또한 다양하다. 그래서 카페들은 대부분 6가지 이상의 우유를 준비해 둔다. 일반적인 우유는 풀 크림 밀크이고 여기에서 지방을 2퍼센트 미만으로 줄인 라이트 밀크가 있다. 무지방 우유는 스키니 밀크와 스킴 밀크가 있지만 맛이 너무 없어 대부분 저지방 우유인 라이트 밀크를 사용한다. 여기에 유당을 제거한 락토스 프리 밀크도 있다.

우유는 완전식품으로 알려져 있어 건강에 좋은 것처럼 생각하지만 실은 성인 건강에 좋지 않다고 한다. 우유는 동물의 젖에서 나오는 것이고 젖이란 제 힘으로 밥을 먹지 못하는 새끼들을 위한 것이다. 굳이 우유에 어떤 성분이 성인의 건강에 안 좋은지 따져보지 않더라도 우유는 성인이 아니라 어린아이를 위한 것임을 알 수 있다.

우유에 들어 있는 지방이나 유당은 비만이나 소화 불량의 원인이 된다. 우유를 유별나게 좋아하는 호주 사람도 이를 모르는 것이 아니다. 그래서 몸에 안 좋은 성분을 제외한 우유를 만들었다. 플레이버 밀크 또는 대체 밀크라 부르는데, 동물이 아닌 식물에서 우유를 만들어내는 것이다. 식물성 지방이라 몸에 더 좋고 유당이 들어 있지 않다. 대표적으로 콩으로 만든 소이 밀크, 아몬드 밀크, 코코넛 밀크 등이 주를 이루었는데 최근에는 오트 밀크나 마카다미아 밀크가 유행하고 있다. 유행이 매우 낯선 나라에서 말이다.

호주는 한국과 다르게 커피 메뉴를 아메리카노인지 라테인지로 구분할 수 없는 나라다. 메뉴를 선택하고 나서 진정한 메뉴 선택이 시작되기 때문이다. 라테를 선택할 때 사이즈는 어떻게 할 것인지, 에스프레소 샷을 절반으로 줄인 하프 스트렌트로 할 것인지, 샷을 추가한 엑스트라 샷으로 할 것인지, 거기에 우유는 어떤 우유를 넣고 그 우유의 온도는 따뜻하게 할 것인지, 아주 뜨겁게 할 것인지, 거기에 플레이버 시럽을 넣을지, 설탕은 몇 스푼을 넣을 것인지, 아니면 감미료를 몇 개 넣을 것인지까지 결정한다. 이러니 호주 바리스타는 약사에 가까운 직업이다. 무엇보다 실수 없이 빠르게 해내야 한다. 호주 사람은 늘 웃는 얼굴로 친절함을 풍기지만 대부분 인내심이 없다. 커피를 기다리면서 웃는 얼굴로 안절부절못하는 모습만 보아도 쉽게 알 수 있다.

바리스타라는 직업은 한 번 기술을 습득하고 나면 똑같은 일을 매일 반복하기 때문에 시간이 흐를수록 실수는 줄어들고 일은 수월해진다. 건강이 허락하는 한평생 일할 수 있는 직업이다. 시대에 뒤처질까 끊임없이 자기계발을 해야 하는 분야도 아니다. 특히 호

ⓒato_season

주는 해왔던 대로 커피를 만들어야 한다. 만약 새로운 기술이랍시고 커피를 업그레이드했다가는 손님에게 욕을 먹을 수 있다.

지금 생각해 보면 왜 커피였는지 의문이 들 때도 있지만 카페에서 일한 덕분이었는지 호주에 조금 더 살아보고 싶어졌다. '워라밸'이라고 하는 일과 삶의 균형이 잘 맞아서일까? 아침 6시 기상은 아침형 인간이 아니라면 힘든 일이지만 적응이 되면 새벽에 눈이 저절로 떠진다. 그리고 출근해서 커피 향기에 묻혀 일하다 보면 시간은 정말 빠르게 흘러간다. 중간에 간단히 아침 겸 점심 식사를 할 수 있고, 원하는 만큼 커피를 마시며 가끔 스무디나 주스를 마시기도 하니 카페에서 일하다 보면 굶주릴 틈도 없다. 그렇게 오후 2시가 되면 카페를 정리하고 3시가 되기 전에 집에 도착한다. 해는 여전히 중천에 떠 있고 밤까지 많은 일들을 할 수 있다. 은행 업무를 보거나 쇼핑도 할 수 있다. 운동을 해도 되고 가까운 곳에 나들이를 가거나 친구를 만나 시간을 보낼 수도 있다. 그렇게 일주일에 5일만 일해도 1년에 6만 달러에 가까운 돈을 벌 수 있으니 카페에서 일한다는 것은 꽤 괜찮은 선택이다.

처음 1년은 비즈니스 컬리지를 다니는 학생 비자를 신청했는데 추가로 비즈니스 디플로마 과정을 지나 어드밴스 디플로마 과정까지 학생 비자를 연장하면 총 3년을 호주에서 더 살 수 있다. 호주는 학생 비자가 합법적이어서 일주일에 20시간까지 일을 할 수 있고 사업자 등록을 낸다면 사업도 할 수 있다. 다가올 날의 모습이 뚜렷

해지는 것 같아 비즈니스 공부를 하면서 3년을 더 살아보기로 했다.

이렇게 비자 문제는 해결됐으니 카페에서 일주일에 3일씩 꾸준히 일하면서 번 600달러 정도의 돈으로 나름 먹고사는 생활을 이어갈 수 있었다. 하지만 혼자 집을 얻어 생활하고, 가끔 근사한 곳에서 외식도 하려면 800달러는 벌어야 한다. 그렇다면 일주일에 40시간, 풀타임으로 일해야 가능하다. 인건비가 비싼 호주는 사람을 충분히 고용할 수 없어 갑자기 누군가 일을 그만두면 공백이 심각해지므로 파트타임으로 두 명을 고용해 예기치 않은 상황에 생길 수 있는 공백을 최소화한다. 그러니 일자리를 구할 때도 풀타임을 구하는 것보다 파트타임으로 할 수 있는 두 개의 일자리를 구하는 편이 더 빠를 수 있다.

그때 갑자기 머릿속을 스친 것이 있었다. 말도 안 되는 수준의 커피와 음식을 먹기 위해 줄을 서는 호주 사람들을 보면서 괜찮은 수준의 커피와 음식을 파는 카페를 직접 운영하는 것은 어떨까, 하는 호기심이 강하게 든 것이다. 그렇게 카페를 차리기로 마음먹었다. 지금은 리스크를 줄이는 노력이 아닌 리스크를 감당하는 선택을 해야 한다. 리스크를 줄이는 노력은 부자가 자산을 지킬 때 하는 것이다. 나는 지금 더이상 잃을 게 없었다.

ⓒato_season

네 가지의 선택지,
그리고 또 다른 선택

카페를 경영하고자 할 때 누구나 하는 첫 번째 고민은 돈이지만 돈이 없다고 해서 카페를 차릴 수 없는 것은 아니다. 카페를 오픈할 때 가장 중요한 첫 번째는 시장성이다. 카페를 경영해도 되는 곳인지 따져보아야 한다. 두 번째는 카페 사업에 기여할 기술이다. 커피를 잘 만드는 것일 수도 있고 음식에 일가견이 있거나 손님 응대에 뛰어나든지, 마케팅을 이해하고 잘하는 것도 포함될 수 있다. 세 번째는 건강한 몸이다. 옳은 방향으로 성실히 나아가면 카페 사업은 언젠가 목표에 도달하는 것이 일반적인데 체력이 안 된다면 아무 소용없다. 마지막으로 얼마의 돈이 필요한지, 어떻게 그 돈을 마련할 것인지 방안을 찾아내는 것이다. 카페를 오픈하는 데는 돈보다 중요한 것들이 많다.

아무리 작은 카페라고 해도 큰돈이 들어간다. 내게 물론 큰돈은 없었다. 하지만 카페에서 1년 가까이 일하며 호주의 커피 문화와 손님을 충분히 이해하게 됐고, 커피도 잘 만들게 됐다. 카페에서 손님들이 찾는 음식은 특별한 것이 아니라 그 정도의 요리는 누구나 쉽게 할 수 있는 수준이다. 좋은 장소를 확보해 구색을 갖춘 다음 필요한 인력을 구하고, 건강한 몸으로 카페 문을 열고 손님을 맞이하고 손님의 커피를 기억하며 그 일을 성실히 반복해가면 되는 것이다.

카페의 구색을 갖추는 데 어느 정도의 비용이 들어가는지 여러 가지 경우에 맞추어 생각해 보았다. 첫 번째는 사장처럼 열심히 일할 매니저를 구하는 카페를 찾아내는 것이다. 월급을 받지 않고 수익금을 배분하는 식이다. 호주는 의외로 이런 비즈니스가 많다. 사람을 구하거나 관리하는 것이 힘들기 때문이다.

두 번째는 모바일 비즈니스를 오픈하는 것이다. 한국으로 예를 들자면 푸드트럭을 오픈하는 것인데, 이미 완성된 모바일 비즈니스를 중고로 구입하려면 3만 달러 정도가 필요하다. 호주는 법이나 규제가 강해서 푸드트럭을 아무 곳에나 주차하고 장사를 했다가는 엄청난 벌금을 내게 될 수 있지만 시청 홈페이지에는 언제, 어디에서 장사를 할 수 있는지 안내가 잘 되어 있으니 미리 예약을 하면 된다.

세 번째는 이미 운영 중인 비즈니스를 구입하는 것이다. 물론 수익금이 클수록 비즈니스 구입 비용도 높아질 것이다. 적자의 늪에서 헤엄치고 있는 곳이라면 3만 달러 미만인 곳도 있을 것이다. 이런 경우라면 왜 적자의 늪에 있는지, 어떻게 하면 그 늪에서 빠져나올 수 있는지 정확한 답을 찾아야 한다. 이미 돌아선 호주 사람들이 발길을 돌리는 데는 상상외로 많은 시간이 걸린다. 게다가 여기저기 손을 보려고 한다면 의외로 많은 비용이 들 수 있다. 네 번째는 새로운 카페를 오픈하는 것이다. 가장 깔끔해 보이지만 비용의 문제는 물론 규정이 대단히 복잡하고 오래 걸리며 상상치 못할 정도로 많은 비용이 필요하다.

50페이지가 넘는 카페 오픈 라이선스 가이드를 보고 나니 운영 중인 비즈니스를 구입해서 리모델링을 하는 것이 가장 효율적이라는 결론을 내렸다. 이미 성업 중인 카페는 권리금이 대부분 15만 달러를 웃돌았고, 그나마 소위 망했다 싶은 카페는 3천 달러에서 10만 달러 사이였다.

일주일에 3일간 일했던 카페 주인도 많이 지쳤다며 카페를 팔기 위해 애를 쓰고 있었는데 권리금으로 13만 달러를 요구했다. 지난 몇 개월 동안 카페의 손님들을 유심히 봐 왔기 때문에 리모델링을 하고 커피와 음식의 수준을 정상으로만 돌려놓아도 어느 정도 매출이 늘어날지 빤히 보였다. 권리금을 10만 달러까지 낮추고 기회를 놓치고 싶지 않아 총 1년이라는 인수 기간을 약속받고 10퍼센트의 계약금을 지불했다.

수중에 권리금과 리모델링에 사용할 자금이 충분하지 않아 투자자를 찾아 나섰다. 세 번 정도의 기회가 있었는데, 첫 번째는 돌연 취소, 두 번째는 고심 끝에 취소, 세 번째는 자신이 직접 운영하고 싶다는 것이었다. 내 카페를 갖고 싶다는 욕심보다 카페를 제대로 바꿔보고 싶다는 욕심이 커서 계약금을 보전받고 계약 내용을 양도했다. 그동안 카페 손님을 치밀하게 기억해두고 있었기에 카페를 리모델링하고 함께 일하자는 제안을 받았다. 조건도 괜찮았다. 1년 정도 일하면 새로운 카페를 오픈할 정도의 돈을 벌 수 있을 것 같았다.

2주일이면 완성될 것 같았던 리모델링은 한 달 이상 걸려 끝이 났다. 카페를 오픈하고 2주일 동안은 다소 한가로워 조바심이 나기도 했다. 하지만 그 후 예상했던 것 이상의 손님들이 오기 시작했는데 6시 30분에 카페를 오픈해 9시 출근 전 피크타임, 10시 30분 티타임, 점심시간까지 30분 이상 쉴 시간을 주지도 않았다. 오후 3시쯤 문을 닫기 위해 정리를 시작할 때가 되어서야 겨우 점심을 먹을 수 있을 정도였다. 비록 내 카페는 아니었지만 성취감이 컸다.

외국에 살려면 무엇보다 중요한 것은 건강이다. 외국인에게 건강보험이 적용되지 않는 호주에서 몸이 아프면 재정 파탄이 올 수 있다. 사랑니를 뽑으려면 한국에 다녀오는 편이 더 저렴할 정도이니 말이다. 건강관리도 해야 했고, 호주의 훌륭한 환경 덕분에 1년 가까이 자전거를 타고 출퇴근을 했다. 자동차로 20분 정도 걸리는 거리는 자전거로 40분 정도가 걸린다. 공기는 달달하고 자전거 도로가 잘 갖춰져 꾸준히 할 만했다. 호주는 도로마다 자전거 도로가 갖춰져 있어 새벽부터 많은 사람들이 라이딩을 한다. 나도 그 대열에 합류한 것이다. 매일 1시간 넘게 자전거를 탔더니 몸은 그 어느 때보다 가벼워지고 있었다. 그때, 불현듯 엄청난 기회가 찾아왔다.

아는 만큼
보이는 기회

골드코스트에 도착한 이후 지금까지 살고 있는 아파트에는 총 800세대 아파트가 3개의 빌딩에 나뉘어 있고 1층부터 9층까지 300개의 사무실이 있다. 이렇게 상주하는 인구가 많음에도 1층의 수많은 상가 중에 3분의 1 정도는 늘 비어 있다. 상가 1층에는 총 8개의 카페가 있지만 몇 곳은 매년 주인이 바뀐다. 가장 좋은 위치에 있는 카페 또한 사정은 마찬가지다. 그런데 어느 날 그 카페에 '임차인 구함'이라는 포스터가 붙어 있었다.

©ato_season

비싼 임대료 때문인지 주인이 1~2년에 한 번씩 바뀌었고 늘 10만 달러가 넘는 권리금이 붙어 있었지만 최근 사업주가 흉한 인테리어에 무리한 콘셉트의 카페를 오픈하더니 1년을 못 버티고 권리금까지 날리고 쫓겨난 것이다. 이런 경우는 좋은 위치인 데다 주방 장비가 구비되어 있을 것이고 푸드 라이선스는 있지만 권리금이 없다면 고정비용에 대한 협상을 잘 이끌어낼 수 있을 것이다.

카페 임대차 계약을 담당하는 부동산 에이전시를 찾아가 구체적인 계획을 밝혔고, 건물주가 원하는 제안에 대해 들을 수 있었다. 이집트 이민자인 에이전시 사장은 내가 마음에 드는 눈치였지만 결정은 건물주가 하는 것이니 모를 일이었다. 호주의 부동산은 수많은 외국인 투자자들이 소유하고 있는데 이들은 자신의 부동산을 에이전시에 맡기고 수익금만 챙긴다. 이 카페도 그런 경우였다. 오히려 더 잘된 일이었다. 부동산 사장이 보고 싶은 것을 보여주면 되는 것이다.

호주에서 상가를 임대할 때 정해진 금액은 없다. 누가 임대해서 어떻게 사용하는지에 따라 많이 달라진다. 그래서 사업 계획이나 금전적인 상황보다 비즈니스 경력, 추천장과 같은 레퍼런스가 중요한 요소가 된다. 호주에서 큰 사업을 하고 싶다면 큰 사업가의 추천장이 더없이 큰 역할을 하는 것이다. 돈이 넘쳐나는 사람이 사업을 못해서 망할 확률은 사업을 잘하는데 돈이 없어서 망할 확률보다 높기 때문이다.

내가 일하는 카페의 단골손님 중 도시에서 손에 꼽힐 만큼 성공한 사업가가 있었는데 그와 좋은 관계를 유지하고 있던 참이었다. 좋은 관계를 유지하는 일은 그리 어렵지 않다. 그가 원하는 커피와 음식을 기억하고 언제나 정확하게 그것을 내주는 것이다. 카페를 운영하는 사람으로서 그보다 신뢰를 주는 일이 뭐가 있을까. 새로운 도전을 위해 카페를 그만 둔다고 했을 때 수많은 손님들이 아쉬워했지만 건물주 역시 아쉽다며 앞으로의 계획을 물었고 안녕을 기원해 주었다. 그에게 찾아가 카페를 오픈하려고 하는데 추천장을 써줄 수 있냐고 물었더니 흔쾌히 승낙해 주었다.

부동산 사장과의 다음 미팅에 제시할 카페 사업 계획을 준비했다. 카페가 1년 이상 버티지 못하고 사업주가 계속 바뀌어 온 이유는 아무래도 잘못 산정한 기대 수익 때문인 것 같았다. 계획에는 현실적인 수치보다 사람의 욕심이 반영되기 쉽다.

사업 계획서를 만들 때는 고정비용이 크기 때문일 수도 있지만 현실적인 수익보다 높게 목표를 세우게 된다. 물론 창업은 현실을 뛰어넘어 보자는 도전 정신이 필요하지만 수익이 나지 않는 데쓰벨리(Death Velly) 기간 동안 버틸 힘을 준비하지 못한다면 대부분 폐업으로 이어지기 쉽다.

면밀히 상권을 분석해서 수익을 예상해보고, 고정비용을 포함해 지출 비용을 따져보니 일주일에 7일 내내 오픈했을 때 매일 1,200달러의 매출이 있어야 적자를 면할 수 있었다. 그래서 현실적인 목표는 6개월 안에 일 매출 1,200달러에 도달하는 것으로, 1년 뒤에는 일 매출 1,500달러에 도달하는 것으로 설정했다. 호주 사람이라면 임대료를 포함한 고정비용에 최소 4명 정도의 직원을 고용하려다 보니 매일 1,500달러가 넘는 매출이 있어야 적자를 면할 수 있고 일 매출 2,000달러가 넘어야 투자 가치가 있다고 판단했을 것이다. 하지만 아무리 봐도 이 정도 상권에서 8개의 카페가 경쟁하는 상황에 하루 매출 2,000달러는 현실적으로 불가능했다.

부동산 사장은 왜 기존의 카페들이 폐업했는지, 사업을 계속 이어갈 수 있는 현실적인 계획은 어떤 것인지에 중점을 둔 사업 계획을 무척이나 마음에 들어했다. 자신이 10년 가까이 부동산 사무실을 운영하며 수많은 사람을 봤지만 이 같은 사업 계획을 본 건 처음이라고 했다. 여기에 덧붙여 "지금까지 100명 가까이 제안을 해왔지만 너에게 계약을 주어야 한다고 건물주에게 말할 것"이라고 했다.

부동산 사장의 적극성 덕분에 계약은 일사천리로 진행됐다. 임대료는 주변 상가들의 시세를 반영해 평균보다 적게 요구하면 되고, 리모델링을 해야 했기에 3개월의 렌트 프리 기간을 요구했다. 한국과 가장 큰 차이는 보증금이었는데 호주는 대부분 2개월 또는 3개월분의 임대료를 보증금으로 낸다. 임대 계약 과정에서 약간의 실랑이가 있었지만 대부분의 건물주가 그러하듯 원하는 조건을 들어줄 테니 계약 기간은 최대한 길게 해달라는 식이었다. 결국 기본 5년에 서로 이견이 없으면 5년이 자동으로 연장되는 식으로 총 10

년간의 계약을 맺었다. 거기에 해마다 임대료 상승률이 붙는다. 임대 계약의 경우 매년 4퍼센트 인상률이 일반적인데, 더 낮은 인상률을 요구해 보았지만 건물주는 임대료를 낮춰주는 대신에 인상률은 4퍼센트로 맞추고 싶어했다. 대신에 3년에 한 번 의무적으로 리모델링을 해야 한다는 조항을 삭제할 것을 요구했다.

임대 계약은 순조롭게 진행되었으나 변호사로부터 연락이 왔다. 추가 비용이 있다는 것이었다. 부동산 사무실이 건물주 대신에 상가 관리를 해주는 대가로 받는 비용, 건물 보험 비용, 오폐수 처리 비용, 이미 설치된 에어컨 정기 점검비용 등 상가를 소유하고 있는 사람이든 사용하는 사람이든 반드시 내야 하는 비용들이었다. 애초에 이런 부분까지 꼼꼼하게 알았더라면 좋았을 테지만 계약서를 받고 보니 한숨이 나왔다. 그 비용이 적지만은 않아 이건 부당하다며 계약서에 사인할 수 없다고 으름장을 놓았다. 이를 애타게 받아들인 부동산 사장 덕분에 상가를 사용하는 사람이 내야 하는 비용 대신에 렌트 프리 기간을 2개월 더 연장할 수 있었다. 결론적으로 슬로 스타트를 겪어야 할 카페 비즈니스에 더없이 좋은 조건이었다.

호주에서 인테리어 업자를 찾는 건 어렵지 않더라도 실력 있는 사람을 찾기란 쉽지 않다. 대부분 한두 달 정도 예약이 되어 있고 덕분에 가격 협상이란 것을 할 겨를도 없이 부르는 대로 줘야 한다. 결국 카페 리모델링은 직접 하는 것으로 결정했다. 카페는 이미 주방이 규정대로 갖춰져 있고 라이선스까지 있었다. 필요한 부분만 손을 보는 수준이니 할 수 있는 사람을 찾아서 하면 되는 것이라고 생각했다.

일단 출입문을 더 좋은 위치로 바꾸었고, 한국인 목수를 고용해 흉물스러웠던 커피 바를 깔끔하게 바꿨다. 목수에게 계획을 알려주고 자재를 사다 주면 동의한 기간에 일을 마치고 일한 시간만큼 하루 8시간 기준 400달러 정도의 인건비를 지불하는 방식으로 작업했다. 그리고 전기 배선을 바꿔야 했기에 라이선스를 가진 업자를 불렀고, 마지막으로 페인팅할 사람을 고용했다. 리모델링은 그렇게 끝이 났다. 2주일이면 족할 일들이 한 달 이상 소요됐다.

리모델링을 하는 기간 동안 여기저기 발품을 팔아 집기나 접시, 가구 등을 알아보았지만 성에 찰 만한 수준의 것은 너무 비싸거나 구할 수가 없었다. 결국 집기 일부, 모든 접시, 가구는 한국에서 공수하기로 했다. 배송료가 들어가더라도 그 편이 더 저렴했다, 무엇보다 정확하고 빨리 해결됐다. 카페 중앙에 큰 자리를 차지하는 바는 직접 만들었다. 중고 목재상에게서 저렴하게 구한 목재를 목수가 재단해주었고 수일을 들여 사포질과 스테인, 니스 칠을 한 끝에 나름 근사한 가구가 만들어졌다.

마지막으로 간판을 달아야 했는데, 호주 간판 시공 업체가 말도 안 되는 낮은 수준의 작업을 두고 말도 안 되는 높은 가격을 제시했다. 결국 시트지는 직접 출력했고 아크릴 또한 브리즈번까지 가서 3D 프린트를 사용할 수 있는 스튜디오에서 직접 재단했다.

ⓒJoel Park

ⓒato_season

카페에서 가장 중요한 커피 머신은 커피 회사에서 지원을 받았다. 가격을 검색해보니 커피 머신만 3만 달러가 넘고 글라인더까지 구입하면 족히 3만 5천 달러의 비용이 소요되었다. 장비 가격이 비싸서 커피 회사로부터 지원을 받고 대가로 그 회사의 커피를 사용하기로 했다.

골드코스트에 있는 대부분의 카페를 다녀보았고 다양한 커피를 마셔 보았다. 그리고 시드니에 본사를 둔 세븐마일즈라는 이름의 회사를 선택했다. 이 회사는 스페셜티 커피를 납품하는 업체로 브리즈번이 있는 퀸즈랜드 주에 진출한 지 2년 정도 된 곳이었다. 카페에서 일하다 보면 수많은 커피 회사 관계자들이 영업을 위해 방문하는데, 나탈리는 세븐마일즈 커피의 퀸즈랜드 주의 매니저였다. 그녀는 집요해 보이면서도 집요하지 않게 내가 일하는 카페를 방문했다. 어딘가 조금 다른 면모가 있는 사람이라고 느꼈다. 그래서 그녀가 일하는 회사를 알아보았다. 골드코스트에는 2곳의 카페에 커피를 납품하고 있었는데 그중 한 곳이 집에서 가까워 거의 1년 가까이 그 카페를 방문하며 커피 맛이 얼마나 일관성 있는지 확인했다. 호주 커피의 가장 중요한 것은 맛이 아니라 일관성이기 때문이다.

세븐마일즈의 캣츠피제이(Cat's PJ)라 불리는 달고 쓴 커피는 언제 가서 마셔도 맛에 일관성이 있었다. 마침 일하는 카페에서 커피 맛이 들쑥날쑥해 신경이 많이 쓰이던 터라 일관성 있는 커피를 만나니 앓던 이가 빠진 것 같았다. 사실 카페를 오픈하기 한참 전부터 마음속으로 세븐마일즈를 선택하고 나탈리와 미팅을 했다. 그리고 그녀에게 지금은 아니지만 조만간 카페를 오픈할 계획인데 당신 회사의 커피가 마음에 든다고 했다. 하지만 내가 원하는 커피 장비를 지원해 주어야만 한다고 말했다. 커피 장비가 대단히 비싸서 회사가 망설일 수도 있지만 당신이 노력해서 골드코스트에서 세 번째 세븐마일즈 커피를 파는 카페를 오픈할 수 있게 해달라고 이야기했고, 그녀는 그 자리에서 그러겠다고 답을 주었다.

그녀도 카페에서 일하는 나를 1년 가까이 지켜봤고 망하지 않을 것이라 예감했으리라. 그녀는 자신의 권한을 모두 사용해 내가 원하는 장비를 지원할 것이고, 1년간의 준비 기간을 줄 테니 부담 갖지 말고 좋은 카페를 만들어 보라고 했다. 그리고 자신의 회사가 이 정도 규모의 장비를 지원하는 건 처음이라고 했는데, 이는 부담이 아니라 설렘을 주는 말이었다.

새로운 카페를 오픈하는 데 소요된 비용은 8만 달러 정도였다. 그동안 카페에서 일하면서 모은 3만 달러에 가까운 돈을 투자했다. 전부터 스몰 비즈니스에 소액을 투자하고 싶어하는 호주 친구와 카페 동업을 희망하는 한국인과 교류를 해왔는데, 한국인이 지분 50퍼센트를 받는 대가로 5만 달러를 투자하기로 했다. 그렇게 총 투자비 8만 달러를 사용했다.

V 보증금 - 1만 달러

V 임대 계약서 변호사 비용 - 1,200달러

V 리모델링 비용 - 3만 5천 달러(목공, 전기, 페인팅, 인테리어 자재 비용 포함)

V 출입문 설치 비용 - 8,000달러

V 주방 장비 구입 비용 - 2,500달러

V 가구 구입 비용 - 5,000달러

V 접시 등 모든 집기 구입 비용 - 4,000달러

V 간판 설치 - 1,000달러

V 운영비 - 1만 달러

다양한 일이 유기적으로 엮여서 돌아가는 사업이라면 동업자가 더욱 필요하다. 동업자와 원만하게 사업을 해 나가면 좋은 인연이라고 할 수 있지만 헤어질 수도 있다. 하지만 헤어짐이 싫어 만남을 기피할 필요는 없다. 인간의 삶은 물론이요, 일도 사업도 끊임없이 만남을 필요로 하기 때문이다.

©ato_season

커피의 나라에서 커피를 파는 한국인

호주인의 커피 사랑은 애정을 넘어 집착, 중독으로 보일 만큼 강하다. 이런 나라를 세계에서 가장 큰 커피 기업인 스타벅스가 가만히 놔둘 리 없다. 스타벅스는 2000년 한국 시장 다음으로 호주 시장에 진출해 공격적인 확장을 시도하며 짧은 시일 내에 87개의 매장을 오픈했다. 하지만 8년 동안 1억 500만 달러(약 1,200억 원)의 영업 손실을 내고 63개 매장의 문을 닫았다. 그리고 남은 10여 개의 매장과 브랜드 사용권을 편의점 회사에 팔고 쓸쓸히 퇴장했다.

스타벅스가 호주에서 맥을 못 춘 이유는 커피를 대하는 호주 사람의 감성 때문이다. 거기에 호주의 국민 커피로 불리는 플랫화이트와 호주식 마키아토는 스타벅스가 주력으로 하는 다디단 마키아토나 프라푸치노와 많이 다르기 때문이다. 호주 사람이 원하는 것을 스타벅스가 줄 수 없는 것은 아니지만 세계 모든 매장을 직영점으로 운영하며 커피뿐만 아니라 심지어 매장의 냄새마저도 통일시키려는 제국주의적 감성은 호주 사람에게 통하지 않았다.

정해진 시간에 정해진 커피를 마시는 호주 사람에게 카페에서 가장 중요한 것은 일관된 커피다. 그리고 손님과 바리스타의 관계를 테이블의 디자인이나 벽의 색깔보다 중요하게 생각한다. 실제로 카페에서 두 명의 바리스타가 각기 다른 시간대에 커피를 만든다면 자신이 원하는 커피를 만들어주는 바리스타가 일하는 시간대에 커피를 마시러 오는 경우도 흔하다. 호주는 카페에서 커피 외에는 그 어떤 것도 중요할 수 없다고 여기는 진정한 커피의 나라다. 그들에게 커피는 바리스타와 손님 사이, 지극히 인간적인 영역 안에 존재하는 것이다. 종종 로봇이 커피를 만들고 무인 카페가 새로운 트렌드가 될 것이란 소식이 들려오지만 아마도 호주는 지구상에서 사람이 커피를 만드는 마지막 나라로 남지 않을까 싶다.

호주에서 열심히 버티며 꾸준히 영업을 이어가는 카페는 자연스럽게 단골손님이 조금씩 늘어난다. 그 속도가 너무 느려 거북이가 경주하는 것을 보는 것이 더 박진감 넘치지 않을까 싶을 정도다. 그렇게 계절을 반복하고 몇 년이 지나고 나면 단골들이 끊임없이 저마다의 시간에 커피와 음식을 먹기 위해 카페를 찾아온다. 형편없는 인테리어를 한 카페에서 형편없는 커피를 만들어 팔고 있지만 아랑곳하지 않고 문전성시를 이루던 광경을 목격하기도 했다.

그렇다면 사람들의 왕래가 많은 상권이 좋은 위치에 카페를 오픈한다면 정확히 얼마의 시간이 슬로 스타트에 해당하는 것일까. 내게 그것을 알아볼 수 있는 기회가 온 것이다.

내가 오픈한 카페는 40층짜리 빌딩 3채에 1층부터 9층까지 300개의 사무실이 있고, 10층부터 40층까지 총 800세대가 들어서 있는 널찍한 상가에서 가장 좋은 자리에 위치해 있다. 이미 8개의 카페가 경쟁하고 있었기에 인테리어나 커피와 음식의 질도 신경을 써야 한다.

내 계획은 리모델링을 해서 근사한 분위기를 만들고, 비싸더라도 일관성 있고, 질이 좋은 커피와 훌륭한 셰프를 찾아서 훌륭한 요리를 서비스하는 것이다. 이런 계획은 누구나 마찬가지일 테지만 호주 사람들에게 그런 계획은 관심 밖이라는 것이다. 공짜 커피 쿠폰을 뿌려도 크게 호기심을 유발하지 못한다.

새로운 카페가 반가워 들어오는 사람들은 대부분 동양인이었다. 상상했던 것보다 손님이 적었고, 손님도 쉽게 늘어나지도 않았다. 하지만 하루에 몇 시간 동안 매장의 문을 열고 조명을 밝히고 있으면 드문드문 손님이 들어왔다. 그 손님이 원하는 것을 경청하고 최선을 다해 만들어내면 그중에는 다음 달에 다시 방문하는 손님이 있고 다음 주에 방문하는 손님도 있었다. 그렇게 다시 오는 손님이 단골손님이 되는 것이다.

내 카페는 임대료가 높은 편이라 적자가 흑자로 전환하기까지 2년가량이 걸렸다. 호주는 한국인이 생각하는 것보다 3배 더 느리다고 생각하면 된다. 다행스러운 것은 흑자 전환이 되고 나면 정점을 찍을 때까지 매출은 단단하게 꾸준히 성장하는데 그제야 매일 정신없이 바쁜 카페가 되는 것이다. 그 바쁨은 가게 주인에게 마치 수년간 짝사랑하던 사람과 사귀게 됐을 때 만큼의 행복함을 준다.

카페 오픈 전까지 공사며 인테리어를 완벽하게 갖추는 것은 당연한 일이다. 하지만 호주에서 카페를 오픈한다면 테이블이나 장식들, 심지어 메뉴까지도 딱 필요한 만큼만 갖추면 된다. 오픈 후에 저마다 요구사항을 안고 나타나는 단골손님들에 맞추어 천천히 확실하게 두 번째 오픈을 하는 것이 더 합리적일 것이다. 아무리 비싼 의자라고 할지라도 단골손님이 앉아주지 않거나 힘들여 공수한 맛있는 식재료를 빼달라고 한다면 무용지물이다. 보고 싶은 것이 아니라 보아야 할 것을 보는 것, 그것이 호주 카페 성공에 가장 중요한 열쇠가 아닐까 싶다.

호주인에게 일관성이란 카페에만 해당하는 것이 아니라 어떤 비즈니스를 하더라도 가장 중요하게 여겨지는 요소다. 카페에 아르바이트를 지원하려고 이력서를 들고 갔을 때 "일하면서 가장 중요한 게 뭘까?"라고 묻는 매니저도 있다. 그때 '컨시스턴시(Consistency)'라고 대답하면 절반은 합격이다. 매일 오전에 햄, 치즈, 토마토 샌드위치를 먹는 사람은 매일 그것을 먹고 점심에 데리야키 치킨 덮밥을 먹는 사람은 매번 그것을 먹는다. 호주 카페나 식당에서 단골손님의 얼굴이 보이면 그 사람이 먹고 마시는 것을 미리 만들어 놓아도 된다. 대부분의 호주 사람들은 이런 서비스에 매우 흡족해하기까지 한다.

카페에 매일 두 번 이상 오는 브라이언은 은퇴한 작가로 몸이 불편해 전동차를 타고 다닌다. 그는 기력이 쇠한 탓도 있지만 수전증이 심해 머그컵에 커피를 담아주면 들지 못한다. 그래서 항상 종이컵에 담아주어야 한다. 그는 늘 혼자서 커피를 마시지만 1주일에 한 번은 카푸치노에 뜨거운 물 50퍼센트와 아몬드 밀크 50퍼센트를 넣어 달라는 큰아들과 식사를 한다. 그리고 딸과 사위와는 2주일에 한 번, 막내아들과는 한 달에 한 번 카페에서 식사를 한다. 이런 것마저도 일관성이 있다.

매일 모닝 티타임에 아내 캐서린과 함께 오는 더그는 한 시간 정도 카페에 앉아 커피를 마시며 신문에 있는 스도쿠를 풀다가 가는데, 그들은 태풍이 몰아치지 않는 이상 늘 야외 테이블에 앉는다. 캐서린은 에스프레소와 라테 둘 중에 하나를 선택해 마시지만 더그는 늘 한결같이 똑같은 커피만을 고집하는데, 작은 사이즈 컵에 에스프레소 한 샷, 스위트너 한 팩을 넣은 라이트 밀크 라테를 마신다. 거기에 익스트림 핫(Extreme Hot)으로 데운 커피를 1시간 동안 4잔이나 마신다.

더그는 언제나 다음 커피를 마시기 전에 빈 잔을 들고 카운터로 온다. 빈 잔을 치우는 것은 카페 직원이 해야 할 일이지만 그는 늘 자신이 한다. 하지만 카운터로 빈 잔을 가지고 오는 것이 문제다. 빈 접시가 드나드는 곳으로 갖다 주지 않겠느냐고 2만 번 정도 정중하게 부탁해도 한결같다. 카페는 그가 취하는 이런 일관성마저도 존중해줘야 한다. 그의 몸과 의식에 배어 있어서 절대 바꿀 수 없는 것이다. 다른 카페에서도 한결같았을 그의 모습이 선하다. 더그는 전에 매일 가던 카페에서 커피를 뜨겁게 달라고 해도 항상 똑같이 뜨겁지가 않아 다니는 카페를 옮겼다고 했다.

사채업을 하는 존은 매일 혼자 카페로 와서 커피 한 잔을 마시며 그날의 신문을 처음부터 끝까지 읽어 내려간다. 그는 늘 현금을 가지고 다니면서 계산하는데, 사채업 때문에 만나는 사람에게 절대 커피 한 잔 사 주지 않고 늘 상대방이 계산하도록 한다. 그는 에스프레소 한 샷에 스킴 밀크를 넣은 익스트림 핫 플랫화이트를 마시는데, 카페에서 사용하는 컵이 빨리 식어버린다고 생각했는지 자신의 컵을 카페에 가져다 놓고 거기에 커피를 담아 달라고 한다. 새로운 직원이 모르고 그가 원하는 만큼 뜨겁게 커피를 만들지 못했을 때는 커피를 다시 들고 와서 다시 만들어보라고 점잖게 이야기한다. 그럴 때는 마치 일관성이란 무엇인지 내가 알려 줄게, 하는 표정이다.

©ato_season

ⓒato_season

커피 앞에서는 모두가 평등하다

호주 사람들이 가장 사랑하는 키워드가 있다면 단연 '건강'이다. 그들의 삶에서도 잘 드러나는데, 건강한 개인에 앞서 건강한 사회, 건강한 자연환경을 조성하는 데 대단히 열심이다. 건강에 대한 강한 집념은 카페에서 쉽게 볼 수 있다. 나날이 채식주의자가 늘고 있고 카페 메뉴 또한 채식 아이템이 늘어가고 있다. 카페를 운영하는 사람이나 일하는 사람은 음식에 어떤 재료가 들어가는지 명확하게 알고 있어야 한다. 호주와 한국 식당의 가장 큰 차이점은 메뉴판에서 먼저 볼 수 있는데, 사진이나 음식에 대한 묘사로 메뉴를 소개하는 한국과는 달리 호주에선 메뉴에 어떤 재료들이 들어가는지 낱낱이 적어야 한다. 알레르기 때문에도 그렇지만 은근히 편식하는 경향이 심한 탓도 있다. 특히 카페에서 비건 메뉴, 글루틴 프리 메뉴를 찾는 사람이 많아 이에 대한 표시도 메뉴판에 해야 한다. 카페 메뉴판에 사진을 올리는 곳도 있는데 대부분의 사람들은 이를 두고 호주답지 않다고 평가한다.

호주 사람들은 미각이 만족하는 것을 음식이 가져야 할 최고 덕목으로 여기지 않는다. 건강한 음식이라면 맛이 훌륭하지 않아도 괜찮다, 혹은 건강을 위해서 먹는데 굳이 맛까지 따지는 건 지나치다고 생각하는 사람들이 많다.

호주 카페에서 발견할 수 있는 기이한 모습 하나는 갖가지 프로틴 제품들이다. 호주 사람들이 카페에서 자주 찾는 간편식 중에 하나는 프로틴과 프로틴 스무디이다. 프로틴 볼은 피넛 버터에 꿀, 프로틴 파우더 등을 섞어 구슬 모양으로 만들고 코코넛 파우더나 견과류로 겉을 입힌 간식이다. 가격은 5달러 정도로 결코 저렴하지 않다. 무엇보다 피넛 버터가 주를 이루는데 어떻게 이것을 건강하다고 볼 수 있을까. 칼로리와 열량이 높아 간단하게 포만감을 주는 궁여지책일 뿐이다.

프로틴 볼을 먹는 사람은 매일 프로틴 볼을 사 먹는데, 1년 동안 그 많은 피넛버터를 먹고도 살이 찌지 않을 사람이 몇이나 될까? 그런 손님은 하루가 다르게 살이 찌는 게 눈에 보이는데, 호주에는 이처럼 건강한 음식이 아니라 건강해 보이는 음식에 집착하는 사람들이 있다. 그런 사람은 한두 명이 아니다. 바르고 정직한 카페라면 건강하다는 느낌 외에도 실제로 건강한 음식을 서비스해야 할 필요가 있다. 카페도 카페의 손님도 둘 다 건강하게 장수하면 좋지 아니한가?

호주 사람에게 한 가지 더 중요한 것이 있다면 플레이팅이다. 손님은 조리가 끝나고 접시에 음식을 담아낼 때 호주 감성이 물씬 풍기는 플레이팅을 기대한다. 요즘엔 호주 식당의 주방에서 일하는 호주 사람을 보기가 드물어 누가 요리하는지 신경 쓰지 않는 대신 손님들은 자신이 주문한 음식이 과연 호주 스타일인가에 은근히 예민하다.

플레이팅이 반드시 화려하고 다채로워야 할 필요는 없다. 음식은 접시에 가지런히 놓는 것이 일반적이지만 유독 층을 만들어 쌓아 올리거나 어린잎이나 허브, 식용 꽃으로 치장을 과하게 하는 편이다.

호주 카페의 메뉴판을 보면 대부분의 손님이 일반적으로 찾는 메뉴는 상단에 배치하고 카페의 시그니처 메뉴 또는 스페셜 메뉴를 추가로 배치한다. 카페의 일반적인 메뉴는 정말 간단한데 달걀 2개, 빵, 베이컨을 기본으로 한다. 에그 온 토스트에 베이컨을 기본으로 아보카도, 토마토, 버섯, 소시지 등을 추가해서 먹는 것이다. 접시가 가득 채워질 만하면 빅 브레키(Big Breakkie)가 되는 것이다.

호주 카페에서 판매하는 기본 빵은 사워 도우로 토스터에 굽는다. 거기에 두툼하고 긴 호주식 베이컨을 그리들이라 부르는 두꺼운 철판에 크리스피하게 굽는다. 호주 베이컨은 한국의 커다란 대패 삼겹살을 연상시킬 정도로 크다. 여기에 2개의 달걀을 원하는 스타일로 주문한다. 대부분 수란을 먹는데, 수란은 호주 카페 요리 대부분에 올라가기 때문에 셰프는 수란을 눈 감고 만들 수 있어야 한다. 아니면 스크램블 에그 또는 프라이 에그로 선택할 수 있다. 스크램블 에그는 특별할 것 없지만 충분히 익힐 것인지 살짝 덜 익힐 것인지 선택한다.

비교적 간단해 보이는 이런 기본 메뉴마저도 접시에 담아낼 때 마구잡이 식으로 담아내서는 안 된다. 빵, 베이컨, 달걀은 원을 그리며 놓고 중간에 버터 볼을 넣어주는 것이 일반적인데 이런 구성은 카페 또는 요리사에 따라 스타일이 달라지지만 가게마다 일관성 있게 마무리하여 손님에게 서비스한다. 이상주의자라면 호주에서 카페를 오픈할 때 몇 가지 신선한 시도를 할 수 있다. 나 또한 그편에 속했는데, 신선한 시도가 성공할 수도 있지만 대부분 오만함으로 끝날 때가 많아 겸허해지는 계기가 되었다.

호주 로컬 카페에서 단골손님은 저마다의 지분이 있다. 매일 100명의 단골손님이 와서 10달러씩 결제를 한다면 카페는 매일 1,000달러의 예산으로 운영되는 것이다. 그렇게 일관성 있게 카페가 유지된다면 단골손님 한 명은 가게의 1퍼센트 지분에 이바지하는 것이다. 돈을 조금 더 쓴다고 해서 더 중요한 손님이 되는 건 아니다. 커피 앞에서 모두가 평등한 호주 로컬 카페에서 단골손님의 존재감은 그런 것이다. 카페에 참여하는 사람은 누구나 커피 마실 권리가 있다. 카페는 그 권리가 소중하게 지켜질 수 있도록 할 수 있는 건 모두 하는 것이다.

덮친 데
엎친 격

골드코스트 사우스포트에 카페를 오픈하고 적자에서 흑자로 돌아서는 데는 2년 가까이 걸렸다. 오픈 전부터 호주 시장을 충분히 살펴보았고, 의견을 수렴했으며 경험까지 마쳤다. 6개월이면 흑자 전환이 가능할 것이란 예측은 억측이었고, 적자의 시간이 길어질수록 희망은 절망으로 바뀌어 갔다. 하지만 세상의 섭리가 그러하다고 말해주듯이 서서히 손님은 늘어났다. 처음 며칠 동안은 10잔 정도 되는 커피와 고작 몇 개의 음식을 팔았다. 하지만 다행히 커피가 마음에 들었던 손님들은 매일 카페를 찾았다. 카페에서 커피도 음

식도 일관성이 가장 중요하다고 믿고 있었기 때문에 음식에도 최선을 다했다. 가게 문을 여는 시간도, 닫는 시간도 정확하게 지켰다. 음악이나 냄새, 손님을 대하는 표정까지도 일관성을 유지했다.

커피는 가장 비싸다는 장비들을 지원받아 사용했고 마이크로 단위까지 잴 수 있는 저울을 사용하며 커피 맛의 일관성을 지키기 위해 노력했다. 그 노력이 빛을 발휘하는 데 시간이 아주 오래 걸린다는 것 외에는 모든 것이 완벽했다. 음식은 커피보다 더 어려웠다. 카페에서 일한 경험이 많은 셰프를 고용하지 않고 동업자가 단기간에 카페 요리를 연구하고 배워 간단한 메뉴 라인업을 갖췄다. 호주의 카페는 커피와 식사까지 해결하는 식당 역할을 하는 곳이니 음식을 포기할 수는 없었다.

호주에서 성업 중인 가게들을 보면 의아한 생각이 들 때가 있다. 성공할 자격이 되는 가게도 많지만 맛도 서비스도, 분위기도 엉망인데 장사가 잘되는 카페가 있다. 그 비결은 저마다 얼마의 시간이 걸렸는지는 다르지만 슬로 스타트라는 큰 장벽을 뛰어넘었다는 것이다. 렌트비, 인건비, 원자재까지 지출 비용이 커서 흑자 전환이 오래 걸리는 환경에서 저마다의 방식으로 천천히 단골손님을 만들어가며 바쁜 가게가 되는 것이다. 절대적인 룰은 없다. 호주에서 비즈니스의 성공은 호주 로컬 사람들의 입맛과 취향에 달렸기 때문이다. 호주 비즈니스에서 가장 중요한 것은 자신이 보고 싶은 것을 보는 것이 아니라 보아야 할 것을 보는 것이다.

알고 맞는 매라도 아픈 건 같다. 호주에서 카페를 오픈하고 슬로 스타트를 계획에 반영해 만반의 준비를 하고, 독하게 마음을 먹었더라도 매출이 부진하다면 사람의 마음은 초조하고 불안해지기 마련이다. 거기에 예상을 빗나가 힘든 시기가 길어지면 길어질수록 희망은 금세 절망으로 바뀌고 만다.

카페를 오픈한 위치가 좋은 데다 경쟁력을 갖췄다고 판단했기에 6개월 정도면 흑자 전환이 가능할 것이라고 예상했다. 하지만 시장의 반응은 차가웠다. 이보다 더 처참했더라면 일찍 사업을 정리하려는 노력을 했을 수도 있다. 하지만 애매모호한 상태로 꽤 긴 시간이 흘렀다. 이익금이 조금이라도 쌓일 것 같으면 예상치 못한 지출이 나타나 이를 모조리 삼켜버리곤 했다. 호주는 정말 다양하고 참신한 지출이 많다. 분기별로 내는 세금도 크지만 이와 함께 직원의 급여에서 나가는 원천징수세도 만만치 않다. 거기에 퇴직금도 미룰 수 없으며, 워크커버(Workcover)라는 직원 상해 보험도 의무도 가입해야 하고, 아주 사소한 행정 업무라도 회계사나 법무사를 통해야 하는데 그럴 때마다 하루 매출의 절반 가까이 되는 비용을 떼어가곤 했다. 가게 적자가 예상보다 길어지면서 마냥 버티는 것도 무모한 것 같다고 생각하다 보니 이런저런 궁리를 찾게 되었다.

가장 먼저 한 시도는 영업 시간을 연장한 것이었다. 호주의 카페는 대부분 아침 7시 전에 문을 열고 오후 3시 전에 닫지만 한국 사람은 아침 10시쯤 문을 열고 밤 10시쯤 문을 닫는 카페 문화에 익숙해서 오후나 심지어 밤에도 커피를 마신다. 무엇보다 커피 한 잔을 시키고 앉아 있을 장소가 필요할 때도 있다. 주변의 대부분 카페가 일찍 문을 닫다 보니 늦게까지 커피를 파는 것도 괜찮겠다 싶어서 오후 6시까지 영업을 연장했다. 물론 주방은 오후 3시에 닫고 커피와 음료만 판매했는데 예상대로 그 시간에 커피를 마시러 오는 한국인이나 외국인이 있었다. 하지만 10명 남짓한 사람이 오다 보니 3시간 정도 연장 영업을 하면서 소요되는 인건비와 원자재 비용을 따져보면 그것도 좋은 아이디어는 아니었다. 남들이 하지 않는 데는 그럴 만한 이유가 있다. 결국 몇 개월을 하다 영업 종료 시간을 조금씩 앞당기고 말았다.

카페에서 서너 시간 동안 할 수 있는 일을 찾아 이것저것 시도해 보기도 했다. 모임을 유치하거나 간단한 강좌를 여는 것은 도움이 되지만 꾸준하지 못하면 큰 도움이 되지 않는다. 몇 가지 시도 중에 가장 희망적인 건 커피 트레이닝이었다. 커피라는 단어가 풍기는 매력은 마시는 것을 넘어 만드는 것에도 환상을 갖게 한다. 실제로 카페를 운영하다 보면 꽤 많은 사람이 커피 만드는 것을 가르쳐줄 수 있는지 물어온다. 배울 수 있는 곳이 없다 보니 생기는 일이지만 단순히 취미를 넘어 카페에서 일하고 싶은 사람은 비용을 지불해서라도 커피를 배우고 싶어한다. 덕분에 여러 사람이 암암리에 트레이닝을 받았고, 많은 비용을 요구할 수 없었지만 원두와 우유 등 자신이 사용하는 재료를 구입하고 시급 정도의 교육비를 받을 수 있었다.

©ato_season

그다음 시도는 저녁 영업이었다. 호주 사람들은 외식을 자주 하는 편이다. 심지어 호주에 사는 유학생도 외식을 자주 한다. 경제적인 부담이 있더라도 셰어 하우스에서 다른 사람과 주방을 공유하다 보니 간단히 요리하는 게 아니라면 외식을 하는 게 편하기 때문이다. 호주는 서양 문화가 주류인 나라이고 음식 역시 대부분 서양식을 먹는다. 하지만 카페가 위치한 사우스포트는 동양인을 중심으로 외국인이 많이 거주하는 지역이라 대부분의 한식당을 포함해 다양한 외국 음식을 파는 식당이 주를 이룬다. 그러다 보니 의외로 로컬 사람들이 주로 먹는 양식을 메인으로 하는 식당을 찾기 더 어려워 좋은 기회라고 생각했다.

카페에서 가장 자신 있게 할 수 있는 건 햄버거, 폭립, 피시앤칩스와 같이 대중적이면서 조리 과정이 단순한 메뉴들이었다. 실제로 수요마저 충분하다. 하지만 결과는 그렇게 좋지 못했다. 음식 장사는 커피보다 기복이 더 심했고, 날씨와 같은 환경의 변화를 많이 받았다. 게다가 이것마저도 슬로 스타트이다 보니 혹 떼려다 혹 붙이는 꼴이 되고 말았다.

그다음 시도는 가장 경제적 손실이 적은 방법이었다. 소셜커머스나 배달 앱 서비스를 이용하거나 할인 쿠폰으로 소비자를 더 끌어모으는 방법이었다. 호주에서는 배달 앱을 통해 음식을 주문하면 가게에서 파는 가격에 10~20퍼센트 정도의 추가 비용이 붙고 5달러 가까이 되는 배달비를 더 내야 한다. 그럼에도 호주 사람들은 기꺼이 지갑을 연다.

많은 사람이 소셜 커머스나 배달 앱을 사용하고 있다지만 수수료가 과하다 생각되니 도저히 할 엄두가 나지 않았다. 수수료 부담이 없는 방법을 찾다 보니 카페 주변에 많은 오피스 너머로 학교 두 곳이 눈에 띄었다. 한 곳은 영화를 공부하는 학교로 학생, 직원이 200명 남짓 되는 곳이었고, 다른 한 곳은 학생 수가 500명이 넘는 어학원이었다. 대략 700명 정도 되는 학생이 주중이면 카페를 지나칠 수도 있다는 것에 착안한 것이다.

어학연수나 유학을 온 학생이 매일 카페에서 커피와 음식을 사 먹는다는 것은 사치이지만 학생들이 많이 모여 있는 것은 사실이고 학교마다 브레이크 타임과 점심시간이 있어 단체로 움직이기 때문에 미끼를 던져보는 것도 괜찮아 보였다. 어학원은 학생 수가 많지만 학교를 다니는 기간이 1개월에서 3개월 정도 남짓이라 공을 들일 가치가 없어 보였다. 하지만 영화학교는 대부분 1년에서 2년 단위로 학교를 다니기 때문에 공을 들여 단골손님을 만들기 좋은 대상이었다. 결국 영화 학교 학생과 직원들에게 커피를 반값에 제공하는 프로모션을 시작했다. 직원들이 적극적으로 환영하며 홍보해 주었다. 직원들은 출근 전에 어김없이 커피를 마시러 왔고, 학생들은 브레이크 타임이나 점심시간을 이용해 커피를 마시러 왔다. 그리고 조금 더 시간이 지나자 커피뿐 아니라 간단한 아침 식사나 점심을 먹기 시작했다. 하루에 대략 10명에서 20명 정도가 꾸준히 방문했는데, 커피를 반값에 마실 수 있다는 미끼가 없었더라면 대부분 오지 않았을 손님들이었다. 이미 주변에 6개나 되는 카페가 있고 대부분의 카페는 더 저렴한 가격의 커피와 음식을 팔고 있었으니 말이다.

커피를 반값에 팔면 남는 것이 없지만 손님이 붐비지 않는 가게는 성공할 수 없다. 오픈한 비즈니스가 마케팅에 비용을 쓰는 것도 손님을 붐비게 하기 위해서다. 비슷한 의미로 미끼를 던진 것이고 추가 지출 없이 가게에 손님을 붐비게 했으니 된 것이다.

예상보다 적자를 기록하는 날이 길어져서 얼마나 초조하고 불안했는지 모른다. 쉬는 날도 없이 일하면서 커피를 만드는 중에도 좋은 아이디어가 없을까 고민했다. 이것저것 할 수 있는 건 다 해봤다. 하지만 크게 달라지는 것 없이 시간은 꾸역꾸역 흘러갔고 획기적인 아이디어는 나오지 않았다. 그렇게 절망스러웠던 시간이 지나고 나니 확실하게 알게 된 건 하던 것만 꾸준히 하면 된다는 것이었다. 그것이 틀리지 않은 것이라면 말이다.

카페의 재정이 흑자로 돌아서기 전에 많은 일들이 있었는데 무엇보다 큰 사건은 코로나 팬데믹, 그리고 동업자와의 결별이었다. 동업자와 결별의 원인은 여러 가지일 수 있지만 무엇보다 카페가 계속 적자를 기록했다는 점이 크다. 카페가 적자를 기록하는 동안 매출은 정체 상태에 빠졌다. 카페가 옳은 방향으로 가다 보면 정체 상태는 끝날 것이라고 굳게 믿었다. 시간이 필요한 일은 시간을 쓸 수밖에 없다. 시간을 보내면서 다음 일을 착실히 준비해 가기로 했다. 1~2년 내로 해야 할 단기 계획과 5~10년을 두고 해야 할 장기 계획을 두고 조금 더 계획대로 살아가기로 했다. 조금 더 호주라는 시장을 들여다보고, 세상의 흐름을 관찰하며 기억했다. 새삼 열심히 사는 것도 좋지만 잘 살아야 하는 시기라고 실감했다.

하지만 동업자는 생각이 달랐던 것 같다. 충분한 시도가 있었고 시간이 흘렀으니 이대로 끝이라고 생각한 것이다. 둘 다 생활비가 많이 드는 호주에서 돈을 벌기 위해 다른 수단을 모색해야 했다. 카페 영업이 끝나면 나는 인터넷으로 할 수 있는 일을 했고 동업자는 우버(Uber)를 했다.

동업자는 비즈니스 판매를 제안했지만 나는 극구 반대했다. 반대하는 이유는 간단했다. 수익이 나지 않는 비즈니스를 사는 사람은 극히 드물며 혹여 있더라도 투자금의 절반도 회수하기 힘들기 때문이다. 조금 더 인내해서 흑자를 내기 시작하면 단번에 투자금을 뛰어넘는 가격표가 붙을 것이다.

동업자는 자신이 느끼는 절망을 필사적으로 비즈니스 판매에 쏟아냈다. 자신의 권리를 행사하는 것이니 반대할 수 없었다. 카페 위치가 좋아 꽤 많은 사람이 가게를 보러 왔다. 역시나 투자금 이상을 주고 비즈니스를 사려는 사람은 없었다. 우려했던 대로 직원을 시작으로 손님들 사이에서도 카페를 팔려고 한다는 이야기가 나돌기 시작했다. 그것이 단골손님에게 결코 반가운 이야기일 수는 없

ⓒato_season

었다. 그리고 얼마 지나지 않아 코로나19라는 전염병이 중국으로부터 시작됐다는 뉴스가 호주 방송에서도 연일 보도되기 시작했다.

코로나19 전염병이 중국에서 시작된 후로 세계 곳곳에서 감염자는 급격히 늘어나더니 급기야 팬데믹이 선언되었다. 호주에도 감염자가 생겨났고 전염병의 증상과 부작용은 사람들을 공포로 몰아가고 있었다. 전에도 사스나 메르스 같은 팬데믹을 경험했으니 비슷하지 않을까, 하는 시선도 있었지만 코로나 팬데믹은 아주 다른 분위기를 뿜어냈다. 호주 정부는 시드니를 시작으로 골드코스트까지 봉쇄를 발표했다. 그리고 봉쇄가 시작되기 며칠 전 동업자는 유령처럼 사라져버렸다. 다른 사람을 통해 한국으로 돌아갔다는 이야기를 들었다. 엄청난 일이 일어났지만 크게 놀라지도 않았다. 일어날 일이 일어난 것뿐이라고 생각했다. 이제 본격적으로 해야 할 일만 할 수 있다고 생각하니 되레 안심이 됐다.

위기 뒤에 찾아온 천금 같은 기회

사람들의 희망과는 다르게 코로나19는 기세를 꺾을 생각이 없어 보였다. 스몰 비즈니스 사업장은 1만 달러씩 지원받았고 봉쇄가 길어지자 추가로 5,000달러까지 지원받았다. 정부는 건물주에게 코로나19로 인해 매출이 30퍼센트 이상 떨어진 사업장에 한해 임대료를 할인하거나 면제하라는 행정명령을 내렸다. 영업을 중단한 사업장의 직원은 주에 750달러씩 지원금을 받았다. 그러니 수많은 카페나 식당이 한 푼이라도 더 벌어보려고 영업을 하는 것이 아니라 되레 문을 닫아 버렸다. 그런데 그것이 내게 엄청난 기회로 다가왔다.

HOLY EGG
ESPRESSO BAR & KITCHEN
COFFEE
LONG BLACK
FLAT WHITE
LATTE
CAPPUCCINO
MOCHA
EXTRA SHOT, DECAF
MILK
ICED LONG BLACK
ICED LATTE
ICED MOCHA
FRESH ORANGE JUICE
CHAI LATTE
HOT CHOCOLATE
TEA
BLACK, PEPPERMINT, GREEN
Uber Eats

©ato_season

카페의 셰프는 음식을 만들고 나는 커피를 만들면서 주변 오피스와 집으로 배달에 나섰다. 사람들은 봉쇄령에 적응해가며 여전히 자신이 마시던 커피를 마셨다. 상가에 6개나 되는 카페는 모두 영업을 중단했다. 몇 곳은 폐업을 했고 몇 곳은 무기한 영업 중지에 돌입했다. 덕분에 사람들은 커피 마실 곳을 찾아 헤매는 상황이 펼쳐졌다. 카페에 새로운 손님들이 찾아오기 시작했다. 다들 카페인을 찾아 이곳까지 온 것이다. 기존의 단골손님에 새로운 단골손님들이 눈에 띌 정도로 늘어 가고 있었고 몇몇 사무실은 직원들이 다시 출근하기 시작했다. 새로운 손님들은 오아시스를 발견한 것처럼 자신의 인스타그램 스토리에 카페를 알려주기도 했다.

카페는 코로나 팬데믹 전보다 더 바빠졌다. 셰프를 한 명 더 고용해야 했고 아르바이트를 할 직원도 더 필요했다. 와중에 슬로바키아에서 온 린다는 고국으로 돌아가야 했고, 일본에서 온 안리는 좋은 제안을 받아 다른 곳으로 이동했다. 위기와 절망 속에서 누군가를 그렇게 희망을 발견하고 쟁취해가고 있었다.

동업자가 사라지고 봉쇄령이 시작된 지 3개월 정도가 지나니 카페는 단숨에 흑자 전환에 성공했다. 여전히 주변의 카페는 문을 닫고 있었고 나는 엄청난 기회를 만끽할 수 있었다. 인구 밀도가 높은 시드니나 멜버른은 연일 강력한 봉쇄 조치를 취하고 있었지만 골드코스트는 봉쇄령이 금방 해제되었다. 주변에 카페 두 곳이 다시 문을 열었지만 그동안 새로운 루틴에 적응된 손님들은 전에 다니던 카페로 돌아가지 않았다. 자신의 컵을 들고 200미터를 걸어서 오는 켄은 여전히 그 시간에 카페에 왔고, 비데 사업을 하는 제임스는 매일 아침 9시까지 점보 사이즈 커피 두 잔을 자신의 사무실로 배달시켜 마셨다.

카페는 단순히 흑자 전환만 한 것이 아니라 연일 매출 기록을 갈아치우기 시작했다. 일주일에 7일을 일하면서 수많은 커피를 만들었는데 세상의 모든 커피를 홀로 만드는 것 같았다. 전에는 오전에 일하면서 서너 잔의 커피를 마실 여유가 있었는데, 두 차례의 피크 시간을 가까스로 보내고 나서야 겨우 물 한 잔 마실 시간이 허락됐다. 실로 오랜만에 느끼는 성취감이었다.

직접 일하는 시간까지 계산을 해보니 개인적인 수익이 한 달에 1만 달러 정도에 다다랐다. 매일 쌓여가는 돈을 보면서 모아 두는 짓은 절대로 하면 안 된다는 걸 알고 있었다. 코로나 팬데믹 이후 세계 각국의 정부는 금리를 엄청나게 내려 사람들 수중에 쉽게 돈이 들어갈 수 있도록 했고, 각종 지원과 보조금 명목으로 엄청난 돈을 시장에 풀었다. 화폐 가치 하락과 더불어 물가 상승은 너무 빤해 보였다. 조금이라도 경제 뉴스에 관심을 둔 사람이라면 수많은 전문가들이 일제히 비슷한 우려를 했다는 것을 알 것이다. 역시나 코로나19 위기 속에서 각국의 주가는 폭발적으로 상승하기 시작했고 부동산, 심지어 마트의 토마토 가격마저도 연일 기록을 갈아치우며 오르기 시작했다.

고민 끝에 쌓여가는 돈을 주식에 투자하는 것으로 결정했다. 마침 눈여겨보고 있던 테슬라 기업의 주식 분할 뉴스가 들렸다. 일론 머스크가 회사 경영을 시작하면서 테슬라 주식 가격은 폭발적으로 상승했는데 이는 거품이라고 할 수 없었다. 기업의 성과와 계획을 차분히 놓고 보면 애플이나 마이크로소프트 같은 기업의 20년 전이나 다름없었다. 여전히 예열 중인 기업이라고 생각하고 돈을 버는 족족 테슬라 주식을 사 모았다. 테슬라 주식 분할 후 300달러대에서 사기 시작한 주식은 금세 600달러로 오르더니 800달러까지 치솟았다. 수익률을 보면서 더 많이 투자하지 못했다는 한탄까지 했으니 스스로 천박하다는 생각까지 들 정도였다.

카페는 연일 성업이었다. 카페 주변을 걸어 다니면 수많은 사람과 인사를 해야 했다. 다들 성공한 카페 사장이라며 칭찬을 아끼지 않았다. 인생은 새옹지마라는 말을 실감했다.

Grab one of
our loyalty
cards & get
your 10th
Coffee Free!
©ato_season

HOLY EGG
ESPRESSO BAR & KITCHEN
©ato_season

커피를 만드는 시간,

커피를 마시는 삶

02

이제는 원하는 것만 해줄게요

소냐의 스키니 플랫화이트

골드코스트 동쪽으로 오세아니아가 있다. 그 거대한 바다의 중심에서 해가 떠오르면 사람들은 일제히 하루를 시작한다. 여름철 일출은 아침 5시 30분이다. 6시에 일어나 바라보는 해는 어김없이 감탄을 부르고 근사한 하루의 시작을 실감하게 한다. 그리고 7시가 되면 20층 아래로 내려가 1층에 있는 카페의 문을 연다. 공장이나 주택가에 위치한 카페는 6시에 문을 열기도 한다. 호주에는 카페에서 만드는 커피 없이 하루를 시작하지 못하는 사람이 많다.

카페 문을 열고 손님이 칭찬을 아끼지 않는 보사노바 풍의 재즈를 튼다. 커피 머신을 작동시켜 커피를 뽑을 준비를 하고 테이블과 의자를 카페 바깥으로 꺼낸다. 이 와중에도 손님은 커피와 아침을 먹기 위해 카페로 들어온다. 이 카페를 시작으로 출근길에 나서는 것이다. 소냐는 8시가 되면 나타난다.

소냐는 카페 바로 옆 은행에서 일한다. 소냐는 백발의 중년으로 무뚝뚝한 표정으로 딸각거리는 구두 소리를 내며 카페 앞을 수도 없이 지나다니는데 어쩌다 눈빛이 마주치면 과하다 싶을 정도로 환하게 인사한다. 소냐는 카페가 공사 중일 때부터 궁금한 게 많았다. 수도 없이 지나다니면서 오죽 궁금했으랴. 그녀는 카페가 생기는 것을 무척 반가워했다.

드디어 카페를 열자 소냐가 커피를 사러 왔다. 그녀는 뜨거운 스키니 플랫화이트를 주문했다. 이렇게 부탁하는 사람에게 '우유는 60도에서 70도 사이 온도일 때 가장 맛있습니다'와 같은 말을 늘어놓으면 서로가 피곤해진다. 나이가 지긋한 대부분의 호주 사람은 뜨거운 커피를 사랑한다. 하지만 혀를 달구는 느낌을 원하기보다 커피를 마시는 시간이 상대적으로 긴 경우다. 아주 천천히 따뜻한 커피를 마시고 싶은 것이다. 카페로 뛰어가는 사람은 카페에 앉아 따뜻한 커피와 함께 조금이라도 더 있고 싶어서이다.

플랫화이트는 '평평한'이라는 의미의 '플랫'에 우유를 의미하는 '화이트'가 더해져 탄생된 이름이다. 에스프레소 위에 미세한 입자의 마이크로 폼 스팀 밀크를 섞는데 라테나 카푸치노와 쉽게 구분하자면 우유 거품의 두께가 다르다. 라테를 만들 때 두께 1센티미터 정도의 거품을 얹지만 플랫화이트 거품은 5밀리미터 미만이어야 한다. 하지만 단지 거품의 두께는 겉으로 드러나는 차이이고 우유 질감의 차이가 플랫화이트를 만든다. 우유를 데우는 과정에서 미세한 입자의 거품을 만들어야 하는데 그래야만 에스프레소와 섞여 실크나 벨벳의 질감에 비유될 만큼 부드러운 맛을 내기 때문이다. 잘 만든 플랫화이트의 실키한 거품을 맛보면 라테를 잊고 살아갈 수 없다. 호주에서 처음 플랫화이트를 접하면 그저 얇은 거품이 올라간 커피라 거품을 싫어하는 사람을 위한 커피이겠구나, 생각하기 쉽다. 하지만 플랫화이트는 같은 우유로 다른 맛을 내야 하는 커피다.

소냐가 원하는 커피를 파악하고 빠르고 정성스레 만들어주었다. 이제 다음 커피를 마시러 올 때까지 기다리면 된다. 하지만 다음 날을 기다릴 것도 없이 카페 앞을 지나가며 눈이 마주쳤고 훌륭한 커피라고 했다. 사실이 아닐 수도 있다.

호주 카페에서 가장 중요한 것은 단골손님이다. 호주 사람은 매일 가던 카페를 바꾸지 않기 때문이다. 이사를 가게 된다면 대부분 바리스타에게 인사를 하러 와서 그동안 너의 커피를 좋아했고 고마웠다고 말해준다. 바리스타로서는 매우 슬프고 감동적인 순간이다.

매일은 아니더라도 종종 커피와 음식을 주문하던 소냐가 카페를 오지 않은 지 일주일이 넘었다. 단골손님이 사라지면 걱정이 필요하다. 사람이 사라지는 데는 이유가 필요한 법이기 때문이다. 실제로 미국의 피자 가게에서 십 년 넘은 단골손님이 며칠째 보이지 않아 경찰에 신고했는데 집에서 숨진 채 발견됐다는 뉴스를 본 적이 있다. 끔찍한 이야기지만 인생이란 어떤 일이든 일어날 수 있다. 다행히 그녀는 살아 있었지만 카페를 더이상 찾지 않았을 뿐이다. 그녀가 마지막으로 왔을 때 주문했던 치킨 샐러드 때문인가 하는 생각이 들었다. 가볍고 저렴한 음식을 주문해 오던 그녀에게 조금 더 비싼 새로운 메뉴를 추천했는데 그것이 문제가 됐을 수 있다. 직원의 추천에 고개를 끄덕였을 테지만 마음에 들지 않아 불쾌함으로 이어졌을 수 있고, 그런 불쾌함이 꽤 오래 남았을 수도 있다. 하지만 카페 밖에서 마주친 소냐는 여전히 환하게 인사한다.

그러던 어느 날 아침 일찍 그녀가 햇살을 피해 카페 옆 돌담 위에 앉아 있었다. 은행 문을 열 직원이 올 때까지 기다리는 중이었다. 커피 한 잔이라도 시키고 카페에 앉아 기다리는 것이 더 편하지 않을까, 하는 생각이 들었다. 하지만 더이상 오지 않는 곳에 사소한 폐라도 끼치고 싶지 않은 것 같아 보였다. 카페가 바쁘지 않아 시원한 물 한 잔을 가져다 주었다. 빈자리가 많으니 어느 곳이든 편히 앉아 기다려도 된다고 말이다. 고맙다는 인사를 건넸지만 그녀는 매우 놀란 표정이었다.

호주 사람은 틈만 나면 잡담을 한다. 호주 사람과 일하다 보면 그들이 얼마나 잡담을 사랑하는지 알 수 있다. 남의 흉을 보기도 하고 쓸모없는 이야기를 수없이 반복한다. 소냐와 나 사이에 일어난 일이 그녀가 나눈 잡담에 수없이 등장했을 것이다. 그 덕분일까, 그녀가 일하는 은행의 전 직원이 모이는 연말 미팅을 위해 우리 카페를 예약하고 싶다고 했다.

단지 내에 여섯 개의 카페가 있고 직원들은 모두 각자의 단골 카페가 있을 것이다. 소냐는 매니저가 아니며 나는 그 은행의 손님도 아니다. 단지 은행 옆에 붙은 카페에서 커피를 만들고 있으며 단 한 번 그녀에게 커피를 서비스로 내주는 친절을 베풀었을 뿐이다. 모두 여섯 명의 직원이 아침 7시 30분에 찾아와 커피와 아침 식사로 송년회를 가졌다.

호주 카페에서 바리스타에게 가장 중요한 것은 교감 능력이다. 상대방이 무엇을 원하는지 알아내는 것이다. 소냐는 매일 아침 8시쯤 카페에 나타나 물 한 컵을 따라서 같은 자리에 앉는다. 그리고 은행 문이 열리면 출근한다. 그녀는 일주일에 한두 번 스키니 플랫화이트나 음식을 주문한다. 바로 이것이 그녀가 이 카페에 원하는 것이리라.

©ato_season

50센트의 힘

세르지오의 피콜로

같은 아파트 단지에 사는 세르지오는 지팡이 없이는 자유롭게 걷지 못할 정도로 노쇠한 할아버지다. 그는 아침 7시 전에 신문을 사러 나가는데 카페를 오픈하러 가는 길에 종종 마주친다. 그는 다정다감하고 의리 넘치는 할아버지라고 생각하지만 카페를 오픈하러 가는 길에 마주치면 곤혹스럽다. 잡담을 좋아하기 때문이다.

세르지오를 마주치지 않으면 카페는 언제나 7시 전에 문을 연다. 그를 마주치면 7시를 조금 넘겨 문을 열게 된다. 하지만 그를 마주치는 것도 영업의 한 부분이다. 그는 언제나 신문을 사서 카페로 오는 손님이니 말이다. 그는 늘 안쪽 테이블에 앉아 정확하게 30분 동안 신문을 읽으면서 커피를 마신다. 이 카페가 오픈하기 전에는 어디에서 이 의식을 치렀을까 궁금할 정도다.

커피를 대하는 호주 사람들은 각자 자기만의 루틴이 있다. 한국 사람은 바쁘면 커피 마시는 일을 거를 수도 있지만 호주 사람에게 커피란 그런 대상이 아니다. 한국 사람은 비나 눈이 오면 다른 걸 마실 수 있지만 호주 사람은 비가 오나 눈이 오나 커피를 마신다.

카페를 운영하다 보면 마치 약국을 운영하는 듯한 기분이 들 때가 있다. 아침마다 카페에 줄을 서는 사람들을 보면 특히 더욱 그렇다. 마치 약을 얻기 위한 사람들 같다. 사람들은 그 커피를 위해 그 시간에 그 카페에 간다. 그들은 스스로 커피에 중독됐다고 말한다. 덕분에 카페 영업은 단순하다. 손님이 싫어하는 것은 하지 않고 손님이 원하는 것을 하면 된다. 한국과 달리 옆에 새로운 카페가 생겼다고 그곳으로 사라지지도 않고 경기가 안 좋다고 해서 마시던 커피를 줄이지도 않기 때문이다.

세르지오는 피콜로를 마신다. 피콜로는 호주를 대표하는 커피 중 하나다. 에스프레소 잔 크기 유리컵에 에스프레소 샷과 소량의 스팀 밀크를 섞는데 카페나 바리스타 스타일에 따라 유리컵이 아닌 작은 머그컵에 담기도 한다. 완성된 피콜로는 라테 미니어처처럼 귀엽다. 하지만 라테에 비해 적은 양의 우유를 넣어 에스프레소 맛을 더 강하게 느낄 수 있어 강한 커피를 좋아하는 사람들에게 인기 있는 메뉴다. 에스프레소 맛을 더 느끼고 싶다면 에스프레소를 추가한 라테를 생각할 수 있지만 피콜로는 나름대로 존재의 이유가 있다. 특히 오후가 되면 소량의 커피로 잠을 쫓는 사람에게 약처럼 안성맞춤이기 때문이다.

바리스타 입장에서 피콜로는 절대 호락호락한 커피가 아니다. 먼저 기본적으로 맛있는 에스프레소를 만들어야 마실 만한 커피가 된다. 거기에 우유 거품은 라테와 같은 비율로 하며 라테 아트를 곁들여야만 한다.

세르지오가 마시는 피콜로에는 엑스트라 핫 밀크에 설탕 한 스푼을 넣는다. 대부분 주문할 때 설탕을 필요한 만큼 부탁하지만 그는 자신이 직접 설탕 한 스푼을 넣고 마시기를 원한다. 그는 피콜로를 마시기 시작한 후로 늘 직접 설탕 한 스푼을 넣어 왔을 것이다. 그가 카페에 세 번째 방문했을 때 머그가 아닌 유리컵에 엑스트라 핫 커피를 마시는 것을 좋아한다고 속삭이듯 말했다. 그는 30분 넘게 신문을 읽으면서 커피를 마시기 때문에 마지막 한 모금까지 따뜻한 커피를 마시고 싶은 것이다.

커피를 받아들고 한동안 다른 일에 열중하다 한참이 지나서야 커피잔을 들어 천천히 마시는 사람을 볼 수 있다. 마치 세르지오처럼. 이 사람들은 대부분 엑스트라 핫 커피를 부탁한다. 이 사람이 단골이라면 기억해두었다 먼저 묻는 센스를 발휘하는 것도 바리스타의 일이다. "오늘도 엑스트라 핫 커피 맞죠?" 하고 물으면 기억해

주어 고맙다는 듯 무척 흐뭇해한다.

세르지오는 무려 40년 전에 이탈리아에서 호주로 건너온 이민자이다. 이탈리아뿐만 아니라 세계 각지의 다양한 사람들이 호주로 건너와 살고 있다. 영국에서 건너온 개척자를 제외한 이민자는 전체 인구의 4분의 1이나 되니 호주에 사는 사람 넷 중 하나는 호주로 건너온 사람인 것이다.

이탈리아에서 온 세르지오는 카페에 들어올 때는 "본 조르노"라고 인사하고 "차오"라고 손을 흔들면서 나간다. 세르지오는 인사할 때를 제외하고는 특별한 이야기를 하지 않는다. 신문을 구석구석

읽으면서 피콜로를 마시는 중요한 일과 때문이리라. 하지만 길에서 만나 인사를 하면 걸음을 멈추고 잡담을 시작한다. 이야기의 내용은 매번 똑같은 호주 정착기이다.

세르지오는 혈기 왕성한 시절에 호주로 건너와 노동 현장을 누비다가 가슴을 다쳤다고 한다. 호주에서 이탈리안을 만나 결혼했지만 사별하고 지금의 베트남 아내를 만났다. 현재 아내와 결혼해서 정말 행복하다며 이탈리아 여자는 말이 많다고 '바바바바…' 하고 총 쏘는 흉내를 낸다. 그 모습에서 그가 느꼈던 진절머리를 느낄 수 있어 나도 함께 웃었다.

그는 이탈리아에서 가지고 온 8구 에스프레소 머신으로 하루에 600잔씩 커피를 만들어 팔았다고 했다. 하루에 커피 600잔을 만들었다는 이야기가 흥미를 유발했다. 나는 3구 에스프레소 머신으로 하루에 250잔까지 커피를 만들어 봤고 지금은 2구 에스프레소 머신으로 하루에 150잔 정도의 커피를 만들고 있다. 8구 에스프레소 머신으로 하루에 600잔씩 커피를 만들어 팔았다니 대단하다고 치켜세워주었다.

세르지오가 특별한 손님인 이유는 따로 있다. 그가 특별한 이유는 매일 잊지 않고 카페를 들러서가 아니다. 그가 남기고 가는 팁이다. 그는 처음 카페에 왔을 때 피콜로 한 잔 가격인 3달러 50센트를 동전으로 지불했다. 그리고 이틀에 한 번 꼴로 3불 50센트를 들고 커피를 마시러 왔다. 그러다 유리컵에 엑스트라 핫 커피를 부탁했고 그가 원하는 커피를 만들어준 날 그는 커피를 마시고 일어설 때 50센트를 테이블에 놓고 갔다. 자신의 속삭임을 흘리지 않고 들어준 것에 대한 팁이었다. 호주는 팁 문화가 없다. 그저 가게마다 계산대 앞에 팁 박스가 있어 잔돈을 놓고 가거나 식사 후 테이블에 동전이나 지폐를 팁으로 남기고 가는 사람이 종종 있을 뿐이다.

카페에서 주문을 받다 보면 계좌에 잔액을 확인하고는 통장에 5달러 밖에 없는데도 커피 한 잔을 주문하는 손님을 종종 볼 수 있다. 커피를 위한 '카르페 디엠'이다. 호주는 국민의 평균 소득이 높고 복지가 좋은 국가다. 그래서인지 호주 국민은 없는 돈에도 여유가 넘친다. 그러니 계산대에서 동전을 거스름돈으로 받으면 대부분 앞에 놓인 팁 박스에 넣어준다. 10센트 정도야 그럴 수 있다고 치지만 500원 가까이 되는 50센트를 매번 팁 박스에 넣기란 쉽지 않다. 겨우 4달러짜리 커피 한 잔 마시는 데 말이다.

세르지오는 처음 팁을 남기고 간 이후로 단 한 번도 3달러 50센트를 낸 적이 없다. 언제나 4달러 이상의 돈을 내게 쥐어주고 자신의 테이블로 간다. 그리고 그가 암묵적으로 주는 50센트를 팁으로 빼지 않고 커피와 함께 거스름돈으로 가지고 간다. 그는 천천히 커피를 비워내고 어김없이 50센트를 테이블에 남긴다. 거스름돈을 많이 거슬러주는 날도 착오 없이 50센트를 테이블에 남기고 "차오"라고 손을 흔들면서 나간다. 나는 대가를 받고 커피 한 잔을 만드는 것인데 세르지오는 대가 외에 50센트를 더 주는 것이다. 50센트는 적은 돈이지만 커피 한 잔이 얼마나 소중한지 설명하기에는 충분하다.

ⓒato_season

ⓒato_season

©ato_season

호의라는 강력한 무기

후안의 카푸치노

골드코스트는 북쪽의 빈리부터 시작하여 퀸즈랜드 주와 뉴사우스웨일즈 주가 만나는 트위드 헤드까지 남북으로 70킬로미터 정도의 모래사장이 펼쳐져 있다. 태양을 받아 빛나는 바다와 끝이 보이지 않는 황금빛 해변 덕분에 골드코스트라는 이름을 갖게 되었다.

10년 전 골드코스트는 낯설어서 이름만으로도 환상을 불러일으키는 곳이었지만 지금 이곳에 살고 있는 한국 사람은 5천여 명에 이른다. 시드니, 멜버른, 브리즈번, 퍼스, 애들레이드에 이어 호주에서 6번째로 큰 도시이다. 쇼핑 시설과 문화 시설이 발달해 있어 사람들은 골드코스트를 관광도시로 생각하기 쉽지만 엄밀하게 따지면 휴양 도시에 가깝다. 시드니의 오페라 하우스, 하버 브리지와 같은 거대한 관광 상품은 없지만 도시는 끝없이 이어지는 해변을 앞에 두고 배후에는 숙박, 휴양, 관광 시설을 고루 갖추고 있다. 서핑, 수영, 사이클, 골프, 트래킹, 그리고 테니스 등 수많은 스포츠를 즐길 수 있는데 환상적인 날씨가 더해져 과연 휴양의 천국으로 불릴 만하다.

골드코스트에서 3년째 커피를 만들고 있지만 사람들은 내게 10년 넘게 살아온 사람 같다고 한다. 잘 살아가고 있다는 증명이다. 카페 손님 중에 나만큼 잘 살아가고 있는 사람을 꼽아보자면 후안이 그렇다. 영어 공부를 위해 이곳에 온 그를 10년 넘게 살고 있는 사람이라고 소개해도 어색하지 않을 것이다.

후안을 처음 만난 건 카페를 오픈하고 며칠 지나지 않았을 무렵이다. 토요일 오전이었다. 카푸치노를 테이크어웨이 컵에 주문하고 자리에 앉아 한참 노트북을 만지고 있다가 슬그머니 사라졌다. 그리고 토요일마다 노트북과 책을 번갈아 가지고 와서 카푸치노를 마시고 사라졌다. 토요일 오전은 가장 바쁜 시간이다. 커다란 상가에 카페가 5개나 더 있지만 나만 유일하게 토요일에 오픈하기 때문이다.

호주에서는 야간이나 휴일에 1.5배 급여를 의무적으로 주어야 한다. 그래서 휴일에 영업을 꺼리는 가게가 많다. 굳이 오픈하는 가게가 있다면 손님에게 추가 요금(Surcharge)으로 15퍼센트 정도를 요구하는 곳도 있다. 호주는 노동자를 위한 나라다. 호주뿐 아니라 복지를 중요하게 생각하는 선진국의 법과 정책은 비슷하다.

후안이 매번 슬그머니 사라지는 데는 이유가 있다. 한국과 다르게 호주는 커피 한 잔을 마시면서 노트북이나 책을 붙들고 카페에서 많은 시간을 보내는 건 예의가 아니라는 인식이 있다. 대부분 커피 때문에 카페에 오고 커피를 마시면 당연하다는 듯이 떠난다. 만약 두 명의 호주 신사가 불가피하게 카페에서 긴 대화를 해야 한다면 이들은 맛있는 커피보다 한산한 카페를 찾아낸다. 그리고 한 시간 넘게 앉아 있다면 굳이 마시지 않을 커피를 한 잔 더 주문한다. 호주에서는 아주 일반적인 일이다.

후안은 주중 오전이나 오후에도 카페를 찾고, 여전히 카푸치노를 마신다. 호주 카페는 단골손님과 이야기를 쌓아가는 곳이다. 매일 만나니 불가피하게 이야기를 주고받게 된다. 말 한 마디 할 수 없을 정도로 바쁘지만 않다면 말이다. 한 번에 커피 두 잔을 마시지 않듯이 한 번에 많은 이야기를 주고받지 않는다. 하지만 조금씩 주고받은 이야기는 고스란히 쌓여가기 마련이다.

보통 카푸치노를 에스프레소에 스팀 밀크를 섞고 두꺼운 거품 위에 시나몬 파우더를 솔솔 뿌리는 커피로 생각하지만 호주에서는 시나몬 파우더가 아니라 초콜릿 파우더를 뿌린다. 호주에서 받은 가장 큰 충격은 이 카푸치노였다. 호주 외에도 뉴질랜드, 영국의 몇몇 카페는 카푸치노에 초콜릿 파우더를 뿌린다. 호주를 벗어나 본 적 없는 호주 사람은 세계 어디를 가나 카푸치노에 초콜릿을 뿌려

준다고 믿고 있을 것이다.

후안과 초콜릿을 뿌린 카푸치노를 사이에 두고 이야기를 주고받았다. 그는 학생이라기에는 나이가 많은 서른 살의 라틴계 남성이다. 친구와 스패니시로 유창하게 대화하는 것을 보고 스페인 사람으로 여겼다. 하지만 그가 태어난 곳은 남아메리카 베네수엘라이다. 어머니는 스페인 사람이고 아버지는 라트비아 사람이라고 했다. 베네수엘라는 스패니시를 사용한다. 그는 스패니시를 주로 사용하지만 영어를 제법 할 줄 알았고, 영어 공부를 더 하고 싶어 호주에 왔다고 했다.

후안은 골드코스트에서 만난 세 번째 베네수엘라 사람이다. 첫 번째는 택시에서 만난 운전사였는데 우리는 망설일 것 없이 베네수엘라 이야기를 했다. 베네수엘라의 미녀 이야기가 아니다. 마두로 정권이 들어서면서 베네수엘라의 경제는 엉망이 됐다. 오직 석유에만 의존하던 산유 부국은 석유 가격 하락, 주변국의 경제 제재, 정부의 정책 실패 등 여러 가지 악재로 인해 화폐 가치가 폭락하면서 물가는 무려 100만 퍼센트 이상 올랐고 지금 이 순간에도 오르고 있다. 지금 베네수엘라에서 커피 한 잔 가격은 350만 원이다. 빵을 사기 위해 충분한 지폐를 수레에 담아 끌고 가야 하는 일이 실제로 일어나고 있는 것이다. 거리는 아프고 굶주린 사람으로 넘쳐나고 있으며 수많은 사람이 모국을 탈출하고 있다. 후안까지 세 명 모두 비슷한 이유로 고국을 탈출해 호주에 왔다.

©Joel Park

후안에게 가진 재산이 얼마나 되는지 물어볼 수는 없지만 베네수엘라를 탈출해 호주로 올 수 있었다는 건 충분한 재력을 가진 집안의 아들일 것이다. 한국 사람은 큰돈이 없더라도 서른 살 이전이면 워킹홀리데이 비자를 받아 호주에 올 수 있다. 하지만 호주 정부는 세계 모든 사람에게 워킹홀리데이 비자를 발급하지 않는다. 베네수엘라뿐 아니라 빈곤한 남아메리카 국가들은 워킹홀리데이 비자를 발급받을 수 없다. 이런 경우라면 관광 비자 또는 학생 비자를 발급받아 오는 것이 유일한 방법이다. 관광 비자로는 일을 할 수 없어서 이주의 목적을 가질 수 없으니 학생비자가 유일한 방법인데 많은 학비는 물론이고 비자 기간 동안 충분히 생활할 수 있다는 경제적 여력을 호주 돈으로 증명해야 한다.

후안은 베네수엘라에서 컴퓨터 엔지니어링 공부를 했다고 한다. 지금은 카페에서 한 블록 떨어진 어학원에서 영어 공부를 한다. 이후에는 어머니의 나라 스페인에서 석사 과정을 밟을 거라고 했다. 그는 분명히 충분한 재력을 가진 집안의 아들일 것이다. 때론 부유함이 사람을 거만하게 만든다. 하지만 그는 검소한 차림에 겸손한 행동으로 내 눈길을 끌었다. 그가 건네는 인사는 언제나 밝고 진심이 묻어난다. 그는 호주에서 잘 살아갈 수 있을 거다고 확신한다.

후안에게는 카페에서 할 수 있는 모든 배려를 아끼지 않는다. 카페에 앉아 커피를 마실 때면 원하는 만큼 있을 수 있도록 하고, 문을 닫을 시간에 나타나 커피를 주문해도 기꺼이 만들어준다. 그는 종종 학원 친구들을 데리고 와 커피를 강매할 때도 있다. 작은 호의에 더 많은 호의를 얹어 내미는 사람이다. 이렇듯 호의를 대결로 삼는 사람은 정이 넘치고 싫어할 수가 없다.

어느 날 후안은 반가운 소식을 가지고 카페를 찾았다. 어학원에서 일자리 제안을 받았다고 했다. 한국으로 보자면 근로 장학생과 흡사한 형태로 교육이나 숙식 등을 제공받고 학교에서 다양한 보조 업무를 하는 것이다. 대부분의 해외 어학원은 저렴한 비용으로 높은 성과를 얻을 수 있는 이런 기회를 활용한다. 나도 영어와 여행에 목말라 있던 시절 필리핀이나 캐나다에서 근로 장학생으로 영어 공부를 할 수 있었다. 사실 이런 기회는 아무에게나 주어지는 것이 아니다. 많은 학생 중에 책임감, 업무 수행 능력이 충분한 사람에게 특별히 주어진다.

후안이 이런 소식을 가지고 오는 것에 전혀 놀라지 않았다. 그는 자격이 충분했다. 호주에서 잘 살아가는 사람이기 때문이다. 이 소식을 듣고 마음이 뭉클했다. 지금의 밝고 따뜻한 진심을 잃지 않고 살아가길 바랐다.

후안은 학원에서 일을 시작한 후로 아침이든 오후든 때를 가리지 않고 카푸치노를 마시러 나타난다. 가끔 에스프레소 싱글 샷과 카푸치노 한 잔을 같이 주문한다. 에스프레소는 받자마자 즉시 마시고 카푸치노는 천천히 마시면서 사라진다. 그가 잘 살아가고 있는 골드코스트의 일상으로 돌아간 것이다.

ⓒJoel Park

@ato_season

나의 가장 오래된 단골을 소개합니다

네이슨의 플랫화이트

호주 최고의 해변은 대부분 골드코스트에 있다. 북쪽으로 스핏부터 시작해 메인 비치, 서퍼스 파라다이스, 브로드비치, 머메이드비치, 마이애미 비치, 벌리헤즈, 팜 비치, 커럼빈 비치, 그리고 쿨랑가타 비치까지 나름 유명하다는 해변만 추려도 이 정도이다. 한 음료 광고의 촬영지로 알려져 한국인에게 가장 사랑받는 바이런베이비치까지는 아직 가지도 않았다. 이렇듯 골드코스트는 해변의 천국이다.

골드코스트의 모든 해변은 서핑을 즐기기에 최적화되어 있다. 중간중간 운하 또는 강과 만나는 곳은 파도가 없어 수영, 패들보드, 그리고 카약을 즐긴다. 해변이 많은 만큼 도시는 가장 큰 서프라이프세이빙 시스템을 구축하고 있다. 해변을 따라 공공 화장실, 샤워 부스, 전기그릴 바비큐 시설이 갖추어져 있고 노란색으로 치장한 해상구조요원의 초소는 일정한 간격으로 해변을 따라 세워져 있는데 이는 마치 봉화대를 연상시킨다. 도시는 365일 24시간 내내 사람들의 안전을 위해 여러 장비들을 동원해 감시와 구조 활동을 펼치고 있다. 게다가 주 정부는 막대한 예산을 들여 폭풍과 개발로 유실되는 모래를 끊임없이 보충하고 있다.

호주의 자연 사랑은 커피 사랑과 맞먹는다. 1970년대에 호주를 대표하는 청바지 회사는 강제로 파산을 당했다. 1천 명이 넘는 직원이 실업자가 될 수 있음에도 염색 과정에서 발생하는 화학물질이 자연에 해가 된다는 이유였다. 또 2000년 시드니 올림픽 주경기장 건설 당시 공사가 시작됐음에도 계획을 변경해 다른 장소에 주경기장을 건설한 일이 있었다. 이유는 금개구리 서식지가 발견되었기 때문이다. 골드코스트에서도 다양한 새들을 비롯해 동물들은 자유롭게 도심에 인간의 영역을 활보한다. 도심 안에 공원이 아니라 공원 안에 도심이 있다고 해도 틀린 말은 아니다. 인적이 드문 주택가에서는 캥거루나 왈라비를 쉽게 볼 수 있으며 동물원보다 공원에서 더 많은 동물을 볼 수 있다. 호주는 지구에 남은 마지막 생태계를 지키라는 임무를 빈틈없이 수행하고 있다고 해도 과언이 아니다.

지구의 마지막 지상 낙원을 지키는 호주 사람에게 일상의 가장 큰 위안은 커피일 것이다. 그들은 아내와 하루 정도 떨어져 지낼 수 있지만 커피가 없다면 단 하루 만에 패닉 상태에 빠질 수 있다.

3년이 넘게 호주에서 커피를 만드는 동안 네이슨은 그 시간 동안 가장 오래된 손님 중 하나다. 그는 스몰 사이즈의 플랫화이트를 마시는데 커피가 맛있으면 한 잔 더 마신다. 이런 경우 나는 두 번째 잔은 언제나 서비스로 낸다. 오랜 시간 내가 만든 커피를 즐겨온 것만으로도 나와 각별하기 때문이다.

플랫화이트는 만들기 쉬운 듯하지만 까다로운 커피다. 호주 카페의 바리스타가 되고 싶다면 플랫화이트를 잘 만드는 것이 중요한 척도가 된다. 플랫화이트가 가장 많이 팔리는 커피이기 때문이다. 바리스타로서 경험에 근거하면 손님이 찾는 커피는 플랫화이트가 50퍼센트, 카푸치노 30퍼센트, 라테 20퍼센트 정도다. 플랫화이트가 호주의 국민 커피인 이유에는 확실한 증거가 있다.

20대 초반의 네이슨은 호리호리한 체격의 전형적인 호주 백인이다. 처음 만났을 때 부동산 투자회사에서 막 일을 시작했고 3년이 지난 지금도 꾸준히 그 일을 하고 있다. 아버지는 골드코스트 사람이면 대부분 알 만한 클럽(호주의 클럽은 오락, 외식, 문화를 즐기는 큰 규모의 상업 시설이다) 사장으로 부유한 집안에서 좋은 교육을 받고 자란 바른 호주 청년이다. 하지만 그는 중학생 때부터 카페에서 아르바이트를 했고 졸업 후에는 셰어하우스에 살았다. 가끔 어머니의 벤츠를 몰고 나올 때도 있지만 여전히 20년도 넘어 보이는 구형 토요타 SUV를 몰고 다닌다.

네이슨 아버지가 운영하는 클럽과 호텔은 규모가 커서 많은 직원이 일하고 있다. 그가 원한다면 일할 자리는 충분히 만들 수 있을 것이다. 하지만 그는 인생이란 스스로 개척해야 한다는 신념을 가지고 있다. 아버지의 인생은 그에게 참고 사항일 뿐이다.

네이슨은 전형적인 호주 남자와는 약간의 거리가 있다. 대부분의 호주 남자는 커피, 타투, 운동에 큰 애착을 가지고 있다. 그는 커피를 좋아하지만 타투를 하지 않으며 헬스장이 아니라 종종 서핑을 하는 정도다. 일을 많이 하는데도 불평하지 않는다. 책벌레인 덕분인지 다른 손님과는 다르게 우리는 건설적인 이야기를 나눈다. 특히 호주 커피에 대해 많은 이야기를 한다. 카페의 메뉴판이나 포스터를 출력하기 전에 영어 문장의 틀린 부분을 찾아주는 것도 그의 몫이다. 여러모로 그가 마시는 두 번째 커피는 내가 내는 것이 맞다.

가장 오래된 손님이자 친구인 네이슨과 종종 휴일을 이용해 새로 오픈한 카페를 가거나 맛있다는 커피를 찾아다닌다. 만나서 커피를 마시는 것은 기본 중의 기본이다. 그는 호주 비즈니스, 부동산이나 문화에 대해 이야기한다. 나는 한국을 비롯해 다른 나라는 어떻게 다른지 이야기한다. 최근 그는 중국의 정치, 경제나 문화에 관심이 많다. 만나면 몇 시간이고 이야기를 나눈다. 그러고는 서핑을 해야겠다며 사라진다.

단연코 골드코스트는 서핑의 도시다. 황금빛 해변은 골드코스트를 상징함과 동시에 수많은 사람을 불러들인다. 사람들은 해가 뜨고 질 무렵이면 서핑을 즐긴다. 호주 대부분의 도시는 바다에 붙어 있어 국가는 어린아이에게 의무적으로 수영을 가르친다. 아이가 태어나면 바다와 서퍼를 보고, 말을 배우기 시작한 다음 수영을 배우는 것이 일반적이다. 네이슨은 아무리 예쁘더라도 해변의 여가를 즐기지 않는 여자와는 사귈 수 없다고 했다. 호주의 서퍼에게 서핑은 취미가 아니라 생활이다.

네이슨은 골드코스트 남쪽 커럼빈 비치 또는 쿨랑가타 비치에서 서핑을 즐긴다. 자동차를 타고 도시 중심에서 남쪽으로 30분 정도 가야 하는데 얼핏 보면 별다를 것 없는 바다 같지만 그렇지 않다. 많은 관광객들이 많이 찾는 서퍼스 파라다이스는 파도가 유독 거칠다. 그 거친 파도에서 생애 첫 서핑을 경험한 사람이라면 남은 생은 서핑 없이 살아갈 가능성이 크다.

남쪽으로 가면 갈수록 파도는 온순해진다. 벌리헤즈 비치부터 남쪽으로 팜 비치, 컬럼빈 비치, 쿨랑가타 비치로 이어지는 해변이 진정한 서퍼의 천국이다. 해변을 따라 오밀조밀 이어지는 건물들마저 서핑에 맞춘 배경처럼 보인다. 이곳에 가면 서핑이 생활인 진정한 서퍼를 만날 수 있다.

해 뜰 무렵 파도는 온순해 서핑을 하기에 좋다. 그 파도에 서핑을 하고 빈티지한 카페에 앉아 포키 볼이나 아사이 볼로 배를 채운 다음 따뜻한 플랫화이트를 마시면서 달궈지는 햇살에 몸을 말린다고 상상해보자. 네이슨도 그러하지만 호주 사람은 이것이 일보다 더 중요한 것이라고 생각한다.

ⓒato_season

ⓒato_season

잘 가요! 내 커피를 잊지 말아요

사이먼의 프렌치토스트

카페는 영업시간이 짧고 소비자의 요구 범위가 작다. 손님은 단골이 되면 쉽게 사라지지 않으며 카페에서 하는 일은 어렵지 않다. 하지만 그 일을 하기 위해 전제되는 일은 결코 쉽지 않다. 사업의 행정적인 부분은 빼더라도 먼저 영어를 해야 하고 호주 사람의 취향을 알아야 한다.

지금까지 호주에서 카페를 운영하는 것에 큰 어려움은 없었다. 호주에서 카페를 경영하는 것만큼 괜찮은 사업은 드물다. 아침 일찍 오픈해 오후 일찍 문을 닫기 때문에 저녁이 있는 삶이 보장된다. 주말이나 휴일보다 주중의 오전이 더 바빠서 일반 직장인들과 비슷한 일과를 보낸다. 카페라는 공간은 약간의 고상함을 품고 있다. 그 공간에서 일한다는 것은 척박하거나 치열하지 않다. 무엇을 해야 하는지 알면 쉽게 문을 닫게 되지 않는다. 호주의 어느 거리에서도 가장 고상한 공간은 카페일 것이다.

프랑스어로 커피를 카페라 하는데, 이것이 '커피를 파는 집'이라는 뜻으로 변모해 지금의 카페라는 이름으로 알려져 있다. 1475년 지금의 터키 이스탄불에서 커피 가게가 문을 열었는데 지금과 같이 커피를 파는 곳이 아니라 집에서 마실 커피를 파는 원두 가게였다고 한다. 그리고 1629년에 이탈리아 베네치아에서 유럽 최초의 카페가 오픈했다. 유럽 최초의 카페는 베네치아의 중심 산마르코 광장에 아직도 '플로리안'이란 이름으로 영업을 이어가고 있다. 그 유명한 카사노바의 단골 가게였으며 지금도 민트를 넣은 카사노바 커피를 시그니처 메뉴로 팔고 있다.

이후 1650년에는 영국 런던에, 1672년에는 프랑스 파리에 첫 카페가 문을 열었다. 카페가 생기기 전 사람들은 주로 술집에서 술을 마시며 이야기를 나누었는데 카페가 생기면서 술 대신 커피를 마시며 이야기를 나누게 되었다고 한다. 호주 최초의 카페는 1950년대 중반이라는 설이 가장 신빙성 있다. 2차 세계 대전 이후 남부 유럽인이 대거 호주로 이민을 오면서 에스프레소 머신을 가지고 온 것이다. 시드니와 멜버른의 작은 이탈리안 에스프레소 바는 많은 이들의 상상력을 자극하며 오늘날 호주 커피의 표준을 만들어 왔다.

한국에는 수많은 카페가 있다. 한 다큐멘터리 프로그램에서 면적당 가장 많은 카페를 가지고 있는 나라라고 소개된 적이 있다. 덕분에 다양한 종류의 카페가 있지만 한국 카페와 호주 카페의 가장 큰 차이점은 공간을 찾는 목적에 있다. 한국 사람은 머무를 곳이 필요하고 호주 사람은 먹고 마실 곳이 필요한 것이다. 한국 카페는 커피, 음료와 디저트를 주로 판매하지만 호주 카페는 커피와 아침 식사 또는 점심 식사를 판다. 한국으로 보자면 기사식당에서 커피까지 파는 곳이라고 볼 수 있다.

호주 카페는 가스를 이용해 불을 사용할 수 있는 주방이 있어야 한다. 커피는 기본이고 식사까지 제공해야 하기 때문이다. 단지 커피와 디저트, 간단한 샌드위치를 파는 곳은 커피 바(Bar)라고 한다. 호주에 카페를 전파한 유럽도 비슷한 카페 풍습을 가지고 있다.

호주 사람이 일상에서 사랑하는 것이 몇 가지 있다면 그중 하나는 카페에서 커피를 마시면서 아침 식사나 브런치를 먹는 것이다. 이 사랑은 실로 대단해서 정부도 이를 배려하고 있을 정도다. 모든 학교는 아침 10시 또는 10시 30분이면 일제히 30분 동안 티타임을 갖는다. 아이들은 점심 도시락 외에도 티타임에 먹을 음료와 간식까지 준비해 가야 한다. 어른이 되면 티타임은 커피 타임으로 이어진다. 직장인 역시 아침에 출근해 10시가 되면 30분 정도 티타임을 갖는다. 이때 미뤄둔 아침 식사를 하거나 미리 점심 식사를 하는 사람도 있다. 집에서 노는 사람이라도 일터나 학교에 갈 사람을 내

보내고 티타임에 누구라도 만나 카페에서 커피와 브런치를 즐긴다. 호주에서는 응급한 일을 하는 사람을 제외하고 연금으로 살아가는 노부부도 시내버스를 운전하는 기사도 당연하게 티타임을 갖는다.

사이먼은 티타임이 시작하기 전에 카페에 온다. 그는 내가 살고 있는 아파트, 카페가 있는 건물의 시설물을 보수하는 용역업체 사장이다. 전 직원이 다섯 명 남짓에 불과해 소상공인이라고 할 수 있지만 브런치를 즐기는 여유만 보자면 중견 기업 간부급이다. 그는 절대 테이크어웨이로 주문하지 않는다. 카페에 들어와 햇살이 가장 잘 드는 곳에 앉아 여유롭게 음식을 기다리고 여유롭게 먹고 마신 후에 천천히 일터로 돌아간다.

사이먼은 날씨과 분위기에 따라 다른 커피를 마신다. 보통은 머그에 플랫화이트를 마시지만 아이스라테를 마실 때도 있다. 간혹 카푸치노를 마시는 날도 있다. 하지만 언제나 프렌치토스트를 먹는다. 처음 카페에 왔을 때 다른 음식을 시도하기도 했지만 시험 삼아 주문했을 뿐이다. 호주 사람 대부분이 자신의 커피를 고집하듯이 그는 프렌치토스트를 고집한다.

프렌치토스트를 만들 때는 바게트, 식빵, 또는 브리오슈 등 다양한 종류의 빵을 사용할 수 있다. 거기에 달걀을 입히고 과일이나 잼을 곁들여 내는 것이 일반적이지만 메이플 시럽을 빼고는 프렌치토스트라고 할 수 없다. 메이플 시럽은 북미의 설탕단풍나무에서 나오는 수액으로 만든다.

©ato_season

호주식 프렌치토스트를 만드는 방법에는 다양한 레시피가 존재한다. 먼저 맛있는 빵을 준비해야 하는데 프랑스라면 어떤 빵이든 다 맛있어 문제가 되지 않겠지만 호주 빵은 맛있는 편이 아니다. 그나마 달걀과 버터가 듬뿍 들어가 고소한 브리오슈가 가장 먹을 만하다. 다음 달걀을 풀어 시스닝과 취향에 따라 시나몬 파우더를 넣고 빵에 입힌다. 그리고 그을린 팬에 버터를 두르고 고소함이 묻어날 때까지 고루 구워준다. 프렌치토스트는 잼 또는 과일이나 견과류와 곁들이는 것이 일반적인데 호주에서 구운 바나나는 인기가 많다. 바나나와 양파는 불에 익히는 과정에서 단맛이 나오는데 호주 사람은 진한 커피를 사랑하면서도 은근히 설탕 섞기를 좋아해서인지 이렇게 카라멜라이징한 음식을 좋아한다.

아열대 기후의 골드코스트 과일은 제철이 있다. 따라서 과일을 일관되게 사용하기 어렵다. 프렌치토스트의 파트너로 바나나와 딸기를 사용하다 키위를 사용하기도 하고 라즈베리를 사용하기도 한다. 사이먼이 사랑하는 프렌치토스트는 6개월이나 되는 시간을 허비하고 나서야 바나나와 피건으로 확정되었다. 이 과정에서 그는 많은 도움이 되었다. 그는 스모키한 메이플 시럽과(향 첨가가 아닌 천연 메이플 시럽을 의미한다) 카라멜라이즈 바나나는 필수라고 강조했다. 역시 프렌치토스트도 먹어본 놈이 안다고 하는 것인가.

어느 날 사이먼이 사무실을 이전한다고 했다. 자동차로 20분 정도 떨어진 곳이라고 했다. 아쉽다며 악수를 건네는 그의 표정에서 프렌치토스트의 연정이 묻어났다. 그가 떠나고 프렌치토스트를 메뉴에서 없앨까, 하는 생각을 처음으로 해보았다. 브리오슈 빵은 유통기한이 짧은 데다 원가가 높다. 게다가 카라멜라이즈 바나나는 조리 시간이 많이 걸린다. 들이는 노력에 비해 인기가 많은 것도 아니다. 하지만 그와 함께 완성해온 프렌치토스트는 궁극의 맛을 찾아냈다. 이제 또 다른 사이먼을 기다려야 한다.

마주칠 때마다 특유의 윙크를 하며 인사하는 사이먼은 매일 볼 수 없는 곳으로 떠났지만 이곳에 일이 있을 때마다 잊지 않고 카페를 찾는다. 티타임이 시작되기 전 프렌치토스트와 기분에 따라 맞는 커피를 마시기 위해서다.

©Joel Park

ⓒato_season

주문만 해요, 이력서는 넣어둬요

멜라니의 아몬드 라테

호주에서는 다양한 나라에서 온 사람을 만날 수 있다. 살다 보면 이곳이 백인의 나라라는 생각을 하지 않게 된다. 호주는 다양한 나라의 이민자를 받아들였고 여전히 받아들이고 있다. 이 광활한 땅은 더 많은 사람을 받아들일 수 있고 그래야만 한다.

호주를 찾는 외국인은 크게 세 가지다. 일하며 살기 위해 오는 사람, 공부를 하기 위해 오는 사람, 그리고 관광이나 휴양을 위해 오는 사람이다. 호주의 깨끗하고 풍요로운 자연환경, 여유와 낭만이 있는 삶은 대단히 매력적이라 결국 영주권을 얻어 살고 싶도록 만든다. 카페에서 만나는 많은 손님이 그랬다.

카페 손님의 대부분이 골드코스트 날씨에 반해 정착한 사람들이다. 일 년 내내 따사로운 날씨는 장대한 해변만큼이나 매력 있는 도시로 만든다. 일이나 공부를 한다면 시드니와 같은 대도시로 가는 것이 맞다. 골드코스트를 선택한 사람은 조금 다른 삶을 살고 싶어하는 사람들이다. 삶에서 낭만이 차지하는 비중이 큰 것이다.

멜라니는 호주의 반대편에 있는 스위스에서 왔다. 대학교를 졸업하고 영어 공부를 하기 위해 우연히 골드코스트로 오게 되었지만 이곳에 오래 살고 싶어한다. 인스타그램에 늘 해변을 배경으로 찍은 사진을 올리는 알프스의 산골 소녀는 골드코스트의 삶에 푹 빠져 있다. 나 또한 그러했으며 카페를 찾는 손님 대부분도 마찬가지다.

스위스는 지리와 문화적 배경에 따라 크게 3가지 언어를 사용한다. 북쪽은 독일어, 남쪽은 이탈리아어, 서쪽은 불어를 사용하는데 그녀는 불어를 사용한다. 멜라니의 말에 따르면 22개 주가 있는 스위스에서 작은 지방에 가면 자신도 알아듣기 힘든 더 많은 언어가 존재한다고 한다.

멜라니는 아몬드 라테를 마시는데 간혹 바나나브레드를 주문해서 함께 먹는다. 아침에는 커피와 더불어 크루아상, 바나나브레드, 머핀이 잘 팔린다. 오후가 되면 유통기한이 긴 다디단 케이크나 브라우니가 잘 팔린다. 점심시간이 30분밖에 되지 않아 식사를 대신할 만한 프로틴 볼 또는 에너지바도 잘 팔린다. 전에 일하던 카페에서 직접 프로틴 볼을 만든 적이 있다. 대부분 피넛 버터로 채워지고 약간의 꿀과 프로틴 파우더로 만드는데 프로틴이라는 단어가 주는 느낌 때문인지 건강한 것이라 생각한다. 하나에 4천 원씩이나 하는 이런 프로틴 볼을 한국에서는 아무도 사 먹지 않을 것이다.

아몬드 라테는 커피에 아몬드를 넣는 것이 아니라 아몬드 밀크로 만든 커피다. 아몬드 밀크는 상상과 달리 밍밍하고 떨떠름하다. 특히 커피를 만들 때 쓰는 단맛이 없는 언스위트 아몬드 밀크는 더욱 그렇다. 아몬드 밀크로 만든 커피에는 고소함이란 없다. 그리고 지방과 크림이 적게 들어 있어 밀크 스팀이 쉽지 않다. 크림은 흔히 라테 위에 올라가는 거품이다. 크림이 많을수록 라테 아트가 잘 되는데 숙련된 바리스타가 아니라면 아몬드 밀크로 라테 아트를 표현하는 건 꿈도 꿀 수 없다.

어쩌다 실수로 만들어진 아몬드 밀크 커피를 마실 때가 있지만 결코 내 취향은 아니다. 아마 한국 사람들은 대부분 비슷하게 느낄 것이다. 하지만 호주 카페에서 아몬드 밀크의 인기는 대단하다. 오히려 고소하고 담백한 소이 밀크는 호불호가 크게 갈린다. 호주 사람의 아몬드 밀크 사랑은 미스터리하다. 오랜 시간 끝에 알게 됐지만 아몬드 밀크는 70도 이상으로 오버히트 했을 때 특유의 맛을 낸다. 호주 사람들이 좋아할 만한 맛이다. 비터스위트가 적절한 표현일 것이다. 맥주에서 느낄 수 있는 특유의 쓴맛을 한국 사람은 맥주로 충분하다고 생각한다. 하지만 호주 사람은 이 쓴맛을 좋아한다. 쓴 커피를 마시고 피시앤칩스를 만드는 반죽에 맥주를 넣어

쓴맛을 만들어내니 말이다.

멜라니는 매번 커피를 테이크어웨이 컵에 받아들고 밖으로 나가 담배를 피운다. 그 모습은 불어를 사용할 뿐인 스위스 여자를 프랑스 여자라고 착각하게 만든다. 그녀가 사는 집에서 카페까지 오는 길에는 4곳의 카페가 있다. 그럼에도 내 카페까지 매일 커피를 마시러 오는 그녀는 당연히 특별한 손님이다. 그런 그녀가 나를 난감하게 한 적이 있었다. 이력서를 내밀며 카페에서 일할 수 있는지 물었을 때였다.

매일 누군가에게 커피를 만들어준다는 것은 대단한 일이다. 결국 그 사람을 조금씩 알아갈 수밖에 없다. 커피 한 잔은 2분이 채 걸리지 않고 10온스 정도 되는 용기에 담길 뿐이지만 많은 것들을 연상시키고 상상하게 한다. 멜라니가 정성 들여 만든 이력서를 보지 않아도 어떤 사람이고 어떻게 일할 것인지 충분히 알고 있다. 6개월 동안 어림잡아 180잔이나 되는 커피를 만들어주었으니 말이다. 하지만 그녀는 호주 카페에서 일할 만큼 영어가 능숙하지 않았다.

호주는 시급은 19달러가 넘는다. 2만 원에 달하는 액수다. 또한, 이는 최저 시급일 뿐 최저 시급을 주는 곳은 대부분 외국인 사장이 외국인을 고용하는 외국인 사업장이다. 흔히 말해 한국인 사장이 한국에서 온 워홀러를 고용할 때 최저 시급을 지급하는 것이다. 호주 사람이 사장인 호주 카페를 예로 들면 대개 시급 23달러에서 25달러를 지급한다. 여기에 주말과 공휴일에는 1.5배를 더 지급해야 한다. 같은 영어권 국가인 미국과 캐나다 최저 시급이 10달러도 채 안 된다는 점을 감안하면 호주는 돈 벌기에 매력적인 나라다.

호주에서 파트타임 잡을 구하는 것은 결코 쉽지 않다. 대부분 멜라니처럼 잘 만든 이력서를 이 가게 저 가게 열심히 돌리다 보면 어딘가에서 일하게 될 거라고 생각하지만 그렇지 않다. 일자리가 그렇게 많은 것도 아니고 많은 유학생와 워홀러, 그리고 현지인이 경쟁하다 보니 매니저는 이력서를 들고 찾아오는 사람을 대부분 등한시한다. 인건비가 높으니 사람을 쉽게 채용하고 쉽게 해고하지 않는다. 트레이닝 3시간은 무급이지만 이후에는 최저 시급 이상을 주어야 한다. 그렇기 때문에 호주에서 구인은 대단히 신중하게 진행된다. 호주에서 신중하다는 것은 상당히 많은 시간이 소요된다는 것이다.

바리스타가 그만 둘 때는 적어도 한 달 전에 알려야 한다. 그 자리를 메울 수 있는 직원이 이미 있기 때문에 그리 급할 것도 없지만 카페는 요구하는 조건들을 내걸고 구인을 시작한다. 수많은 사람들이 이력서를 보내고 누군가는 직접 찾아온다. 조금 과장하자면 일주일 정도에 100명이 넘는 사람들이 지원한다. 그 많은 사람들의 이력을 하나하나 보는 것도 엄청난 일이다. 그래서 최대한 필요한 것을 최소한으로 볼 수밖에 없다. 바리스타로서 얼마나 많은 경험이 있는지와 얼마나 오래 일해 왔는지 정도다. 나머지는 겪어봐야 알 수 있어서 불확실할 뿐이다. 3명 정도의 후보를 정해서 트라이

얼 기회를 준다. 그리고 실력과 가능성이 확인되면 최소한의 시프트로 인수인계를 시작한다. 호주는 1명의 바리스타를 채용하더라도 대부분 2명 정도를 트레이닝한다. 그리고 시프트를 나눠주고 결국 둘 중에 한 명이 다른 한 명의 시프트를 차지해 간다. 오로지 능력으로 말이다. 이렇다 보니 카페는 각오만 가지고 오는 사람에게 모험을 하지 않는다. 그러기에 호주 인건비는 너무 높기 때문이다.

멜라니도 그렇지만 호주 카페에서 일하고 싶다면 가장 빠른 길은 호주 카페에서 일한 경력을 어떤 식으로든 만들어내는 것이 중요하다. 내가 호주 카페에서 주 3일간 파트타임으로 일할 기회를 열어준 한국 친구도 그 자리를 얻기 위해 엄청난 노력을 했다. 무려 한 달을 무급으로 트라이얼했을 정도였고 개인적으로 바리스타 코스를 밟기도 했다. 그리고 마침내 시급 23달러를 받으며 일하게 되었다. 나는 이틀간 트라이얼한 후 호주 카페에서 일할 수 있었는데 이는 커피 머신을 다루고 영어 회화가 가능했기 때문이었다.

단골손님이 일해도 되는지 묻는데 일할 수 없다고 말하는 카페 사장은 어디에도 없을 것이다. 멜라니에게 상심을 안기고 싶지 않아 카페 디너 오픈을 조금 더 앞당겨보기로 했다. 그녀에게 제안할 수 있는 자리는 저녁에 서빙을 하면서 커피를 만들도록 하는 역할뿐이었다. 그녀는 기뻐했고 그러기 위해 오후에 카페에 들러 커피를 배워나가기로 했다. 왠지 모르게 나와 멜라니, 카페 모두에게 적절한 타이밍이었다.

The ALTERNATIVE DAIRY CO.
100% ANIMAL FREE
BARISTA
SOY MILK
Crafted For Café
1 LITRE
The ALTERNATIVE DAIRY CO.
100% ANIMAL FREE
BARISTA
DAIRY FREE
AUSSIE OATS
OAT MILK
Crafted For Café
BARISTA
ALMOND MILK
Crafted For Café
BARISTA
COCONUT MILK
Crafted For Café
SEVEN MILES
©ato_season

내 커피가 위로가 된다면

나타샤의 지밀 모카

세계에서 가장 일관성 있는 나라를 뽑는다면 호주는 강력한 우승 후보다. 카푸치노를 마시는 사람은 늘 카푸치노를 마시며 엑스트라 핫 커피를 마시는 사람은 기록적인 폭염이 와도 엑스트라 핫 커피를 마신다. 카페를 찾는 손님들은 저마다 방문하는 시간대가 정해져 있으며 전화로 주문을 하는 손님도 어김없이 전화를 한 후 나타난다. 대부분 마시는 커피는 정해져 있다. 아주 특별한 사람을 제외하고는 말이다. 카페 입구로 통하는 길은 총 세 곳인데 심지어 나타나는 길마저도 정해져 있다. 하지만 아무때나 불쑥 찾아오는 손님이 있다. 바로 나타샤이다.

©Joel Park

아무때나 나타나는 나타샤는 레지던트 과정을 거치고 있는 의사이다. 나는 그녀의 직업을 이미 짐작하고 있었다. 병원 이름이 박힌 유니폼을 입고 오거나 수술 키트와 두꺼운 의학 서적을 들고 다녔기 때문이다. 어쩌다 보니 그녀의 이름을 물어보는 데 6개월이 넘는 시간이 걸렸다.

단골손님에게 이름을 물어보지 않는 경우는 굳이 물어볼 이유가 없거나 이름을 기억할 준비가 되지 않았을 때이다. 이름이란 기억하기 위해 물어보는 것이라는 생각에 손님의 이름을 기억할 준비가 되었을 때 물어본다. 그리고 쉽게 그 이름을 잊어버려서는 안 된다.

나타샤는 지밀 모카에 스매시드 아보카도를 함께 먹는다. 아무때나 나타나도 이 선택에 변함은 없다. 스매시드 아보카도는 어느 카페를 가도 볼 수 있는 호주를 대표하는 아침 식사 메뉴다. '박살내다'라는 뜻 그대로 아보카도를 박살내어 적당히 구운 토스트 위에 발라준다. 아보카도를 박살낼 때 레몬즙을 넣으면 색과 맛에 감칠맛을 더하고 엑스트라 버진 올리브오일을 살짝 넣으면 훌륭한 질감을 만들 수 있다. 여기에 피스타치오나 아몬드 같은 견과류를 뿌려 고소함을 더하고 페타 치즈를 올려 짭조름함까지 더한다. 그리스 페타 치즈는 너무 짜서 페르시안 페타 치즈를 사용하면 더 훌륭한 하모니를 만들 수 있다. 여기에 수란을 올리면 궁극의 아침 식사 메뉴가 된다. 정말이지 설명만 들어도 건강해진 느낌이 들도록 하는 메뉴다. 가히 의사가 선택할 법한 메뉴다.

레시피만 보자면 스매시드 아보카도만큼 쉬운 메뉴도 없다. 하지만 커피처럼 절대 만만하지 않다. 요리 방법은 간단명료하지만 과정은 섬세함을 요구한다. 호주 사람들이 좋아하는 것에 관한 섬세함 말이다. 빵은 사워 도우를 사용해야 하며 속은 촉촉하도록 겉만 빠르게 바싹 구워야 한다. 아보카도가 덜 익어 단단해도 안 되며 블렌딩한 것처럼 너무 으깨서도 안 된다. 아보카도마다 크기가 달라 레몬즙과 올리브오일 양 조절을 잘해야 한다. 그리고 플레이팅에 호주 감성을 제대로 담아내야 한다.

모카라는 이름은 중동의 예멘 남서 해안의 작은 항구도시인 '무카'에서 따왔다. 중세에 양질의 커피를 수출하던 이 항구의 이름에서 '모카커피'라는 말이 생겨났다. 모카는 통상적으로 에스프레소에 초콜릿을 첨가한 커피를 뜻한다. 여기에 스팀 밀크를 부어 만든 것이 정통적인 카페모카이자 호주식 모카이다. 한국식 카페모카는 휘핑크림을 추가로 올리고 초콜릿 시럽과 초콜릿 파우더로 장식까지 해준다.

호주에서 모카는 에스프레소에 어떤 초콜릿을 넣느냐에 따라 맛이 결정된다. 에스프레소의 비중이 크지 않아서 모카를 만들 때 잘못 나오거나 남는 에스프레소를 버리지 않고 모아두었다가 사용하기도 한다. 커피의 종류만큼이나 초콜릿의 종류도 다양하지만 일반적으로 커피 로스터리의 추천을 받아 사용한다. 카페에서 사용하는 초콜릿은 파우더나 시럽인데 대부분 초콜릿 파우더를 에스프레소에 섞어 모카를 만든다. 하지만 잘 섞이지 않았을 때 가루가 씹히고 맛이 일정하지 않을 수 있어 파우더 대신 시럽을 사용하는 것이 좋다.

나타샤가 마시는 지밀 모카는 호주식 모카에 특별한 밀크를 사용한다. 지밀은 유당인 락토스를 뺀 우유다. 지모밀이라고도 하는데 락토스 프리 밀크를 부르는 또 다른 이름이다. 호주 우유 회사의 락토스 프리 밀크 상품 이름이 유명하다 보니 카테고리를 대표하는 고유명사가 되었다.

나타샤는 종종 카페에서 친구를 만난다. 친구에게 자신이 좋아하는 곳이라고 내가 들을 수 있도록 카페를 소개하는데 진심이 담긴 말이라 들을 때마다 기분이 좋다. 카페를 처음 방문한 친구에게는 베이컨 에그 롤을 추천하고 자신은 모카와 스매시드 아보카도를 먹는다. 이것만큼은 일관성 있다. 그리고 집이나 병원으로 사라진다. 두꺼운 의학 서적을 들고서.

호주의 의과대학은 유학생까지 몰려 경쟁률이 높다. 호주 입시는 의과대학과 그 외의 대학으로 구분할 수 있는데, 대부분의 대학은 고등학교 3학년 내신 성적만으로 진학할 수 있다. 졸업이 어려울 뿐 이렇게 입학은 쉬운 편이다. 출석보다 연구와 과제 수행 능력을 중시하는 호주 교육은 과목을 패스하는 것도 쉽지 않지만 패스하지 못하면 학비를 다시 내고 재수강해야만 한다. 그 외에는 어떤 방법도 없다. 호주 사회는 공정과 원칙에 의해 움직인다. 원칙에 대해서 호주 학교는 더하면 더하지 덜하진 않는다.

호주 의과대학에 진학할 때 치러야 할 시험이 있다. UMAT라는 지능 테스트인데 크게 3가지 영역으로 나누어 언어, 수리, 지각 능력을 측정한다. 테스트를 통해 상위 20퍼센트 안에 드는 학생들을 대상으로 의대 지원 자격이 주어진다. 80퍼센트에 해당하는 학생은 아무리 내신 성적이 좋더라도 기회를 가질 수 없다. 머리가 나쁘면 시간 낭비하지 말고 다른 길을 가라는 것이다.

호주에서 의과대학에 진학하려면 먼저 훌륭한 지능을 가지고 있어야 한다. 거기에 남들보다 뛰어난 학교 성적이 있어야 하고 면접 또한 통과해야 한다. 호주 아이들은 공부를 안 하니 경쟁이 쉽지 않냐고 물으면 나타샤는 대답한다. 열심히 하는 것이 중요한 것이 아니라 얼마나 똑똑한가가 중요하다고. 호주의 의과대학 진학 시스템은 할 수 있는 사람에게만 기회를 주는 것이다. 안 되는 사람이라도 할 수 있다는 힘으로 강요할 수 없다.

호주 정부는 교육에 많은 투자를 한다. 미국이나 캐나다뿐 아니라 호주 역시 수많은 학생이 유학하는 곳이다. 그중에는 많은 수재들이 섞여 있다. 아시아계 학생들은 열심히 공부하는 것으로 유명한데 덕분에 호주의 의과대학에는 아시아계가 절반이 넘는다. 나타샤는 이 치열한 굴레에서 살아남아 의사가 된 것이다.

퇴근길에 만나는 나타샤는 언제나 녹초가 되어 있다. 골드코스트는 너무 평화로워 경찰관이 고양이를 구출했다는 뉴스가 일간지에 실릴 정도지만 도시의 안전과 인간의 건강은 연관이 없는 모양이다. 병원은 늘 바쁘다고 한다. 그리고 병원의 커피는 너무 맛이 없어 여기까지 와야 커피를 마실 수 있다고 한다. 이 말에도 약간의 진심이 담겨 있다. 호주의 어느 병원이나 커피는 맛없기로 정평이 나 있다.

나타샤가 커피를 얼마나 좋아하는지는 표정에 드러나 있어 굳이 물어보지 않아도 될 정도다. 간혹 차이라테를 마실 때가 있는데 밤새 근무를 하고 이제 잠을 자러 갈 때다. 아무때나 불쑥 나타나 커피 한 잔으로 위로받는 모습을 보는 것은 감동스럽다. 지금 내가 좋은 일을 하고 있다는 생각까지 들게 한다. 누군가의 아픈 몸을 치료하느라 바쁘게 살아가는 그녀를 커피 한 잔으로 다독일 수 있다는 것에 커다란 보람을 느낀다.

ato_season

좋은 커피 만들기는 그리 어렵지 않아

앤드류의 소이 플랫화이트

한국에서 '저녁이 있는 삶'이란 갈망의 문구가 화제가 됐다. 호주 사람에게 이를 어떻게 설명해야 할까. 호주는 아주 긴 저녁이 있는 삶을 살기 때문이다. 카페를 운영하면 아침 7시에 일을 시작해 4시면 문을 닫고 저녁을 시작한다. 이마저도 욕심이 있는 경우라고 할 수 있다. 대부분 카페는 오후 3시면 문을 닫는다.

대부분의 직장인들은 아침 8시에 출근해 4시면 퇴근한다. 법으로 정한 노동시간은 하루 8시간이다. 최소 일주일에 5일 동안 일하는 한국과는 달리 호주는 많아야 일주일에 5일을 일하는데 이런 경우 하드워커라는 소리를 들을 수 있다. 쉴 수 있는 날을 포함하면 대부분 주 4일 정도 일한다. 육아를 하는 부모는 주 3일 정도로 일하는 시간을 줄이거나 재택근무를 한다. 의외로 많은 사람이 재택근무를 하고 있다는 것을 충분히 실감할 수 있다. 카페는 월요일과 금요일이 가장 바쁜데 이날은 재택 근무하는 사람들이 출근하는 날로 회사 근처 카페에서 팀 미팅을 갖기 때문이다.

앤드류는 하드워커다. 카페 건너편 빌딩에 위치한 건축 설계 회사에서 근무하는데 일주일에 5일 출근한다. 60명 정도 되는 직원이 있는 회사는 인건비가 높은 호주에서 규모가 큰 회사라고 할 수 있다. 직원 대부분이 일주일에 5일간 일하지만 틈틈이 잘 쉰다. 하지만 그는 꿋꿋이 출근한다. 호주에서 가장 큰 휴일 시즌인 연말에도 회사가 문을 닫는 2주일을 제외하고는 줄곧 출근하는 것을 보았다. 일반적으로 4주일에서 6주일까지 휴가를 보내는 사람과 크게 비교된다. 하지만 지금껏 그가 평일 5시 이후나 토요일에 일하는 것을 본 적이 없다.

친구를 보면 그 사람을 알 수 있다고 했는데 호주에서는 커피를 보면 그 사람을 알 수 있다. 앤드류는 카페가 오픈한 날부터 지금까지 꾸준히 커피를 마시러 왔는데 그가 마시는 커피를 보면 전형적인 호주 사람임을 알 수 있다.

커피를 마시는 호주 사람은 하루에 커피 한 잔으로 만족하지 않는다. 대부분 하루에 세 잔 정도 마시는데 첫잔은 일어나서 출근

전 사이에, 두 번째는 모닝 티타임에 세 번째는 점심과 퇴근 사이에 마신다. 첫잔은 집이나 출근길에 자신이 정한 카페에 들러 커피를 사 가지고 간다. 두 번째 커피는 회사 근처 자신이 정한 카페에서 마신다. 세 번째는 불규칙한 편인데 점심과 퇴근 사이 호주인 기준으로 업무가 과하다 싶어 에너지 드링크라도 필요할 때 커피로 이를 해결한다. 앤드류는 이와 같은 전형적인 룰을 따라 커피를 마시는 사람이다.

카페가 처음 오픈했을 때 앤드류는 동료인 플레처와 함께 오후에 커피를 마시러 왔다. 그간 다른 카페에서 커피를 마셨을 것이다. 마침 오픈한 카페가 있으니 오후에는 거기로 가 보자, 라는 시도가 이제는 출근 전부터 시작해 하루에 세 잔까지 커피를 마시기도 하는 곳으로 이어졌을 것이다.

앤드류는 스트롱 소이 플랫화이트를 마신다. 아침에 스몰 사이즈를 주문한다면 이미 출근길에 커피 한 잔을 마셨다는 뜻이다. 그는 집 근처 카페에서 아침에 커피를 마신다고 했다. 아마도 출근길에 커피를 사는 일에 길들여졌기 때문이리라. 세 명의 바리스타가 있는 그 카페에 한 바리스타는 최악이라고 했다. 커피가 맛없다는 것이 아니라 매번 온도나 질감이 다른 커피를 만들어주기 때문이다. 그렇다면 앤드류뿐 아니라 호주 사람 누구에게도 좋은 커피가 될 수 없는 것이다.

호주 커피가 갖는 특징이 몇 가지 있다. 먼저 강한 커피다. 호주 사람은 강하고 맛있는 커피를 좋아한다. 커피에 들어가는 에스프레소의 양이 많은 편이다. 강하면서 맛있는 커피를 마시는 호주는 진정 커피의 고장이라고 할 수 있다. 또 다른 특징은 우유를 섞는 화이트커피가 주를 이룬다는 것이다.

호주에서 바리스타 시급은 꽤 높다. 아마도 약사와 요리사 사이 정도의 일을 하기 때문이 아닐까. 손님마다 다른 커피를 주문한다. 커피의 종류를 선택하면 사이즈부터 시작해 에스프레소 양을 4분의 1부터 하프 스트렝트, 엑스트라 샷까지 정하고 설탕, 스위트너, 시럽의 양을 정한다. 그리고 우유를 선택하고 온도를 조절해야 한다. 대단히 많은 경우의 수가 만들어지기 때문에 몇 가지로 정형화될 수 없다. 우유 같은 경우 손님의 건강 문제로 이어지기 때문에 실수해서는 안 된다. 한 잔의 커피를 짧은 시간 안에 실수 없이, 아름답게 플레이팅까지 곁들여 만드는 것이 바리스타의 일이다. 이를 하루에 수도 없이 반복하므로 강한 체력도 필요하다.

앤드류가 마시는 커피는 전형적인 호주 커피다. 호주에서 가장 인기 있는 플랫화이트에 에스프레소 샷을 추가해 더 강하고, 건강을 생각해 소이 밀크를 선택했다. 레귤러 사이즈의 플랫화이트가 4달러 50센트인데 여기에 에스프레소를 추가해 5달러가 되고 소이 밀크를 추가해 6달러가 된다. 커피 한 잔에 6천 원이라면 파는 사람도 가격을 다시 확인하게 될 정도다. 호주의 커피 드링커는 자신의 커피에 궁색하게 굴지 않는다. 금액에 크게 구애받지 않고 팁까지 지불한다. 물론 일관성 있게 커피를 만들어주는 카페에 한해서다.

앤드류가 일하는 회사에 60명 가까이 되는 직원 중 내가 만드는 커피를 마시는 사람은 10명 정도다. 일부는 커피를 마시지 않을 것이고 나머지는 다른 카페에서 커피를 마시고 있다. 호주 사람은 새로 오픈한 카페에 가서 커피 맛을 평가하는 취미가 없다. 그들은 고지식하리만큼 가던 곳으로 간다. 호주 사람은 커피를 마실 곳을 정할 때 매우 신중하고 시간을 많이 들인다. 다큐멘터리 채널에서 한 마리 새가 많은 시간과 공을 들여 둥지 트는 것을 보는 것 같다.

처음 앤드류를 카페로 부른 건 동료인 플레처다. 두 사람 덕분에 10명 정도 되는 사람이 카페로 전도됐다. 내게 두 사람은 유난히 각별하다. 보통 호주 사람에게서 기대하기 힘든 호의를 받고 있기 때문이다. 커피 로열티 카드를 권했을 때 그것을 단호히 거절하고 다른 사람에게 줄 만한 비즈니스 카드를 달라고 했다. 내 비즈니스가 잘 되는 것에 도움이 되고 싶다고 했다. 그리고 충분히 그 말을 실천하고 있다.

앤드류와 플레처는 일이나 휴식을 빌미로 카페에서 커피를 마신다. 대부분 함께 오는데 커피를 마시며 잠시 일을 잊고 호주 사람이 사랑하는 잡담을 하기도 한다. 손님이 사라지고 한가해지면 내게 항상 안부를 묻는다. 그럴 때 나는 최대한 형식적이지 않는 대답을 하고 커피는 어떤지 묻는다.

플레처는 나를 보고 단호하게 말해준다. “여기 커피는 매우 일관성이 있어." 그리고 앤드류는 그 말에 진심을 담아 고개를 끄덕인다. 커피가 맛있다는 말만큼이나 일관성이 있다는 말이 좋다. 이 말은 호주에서 좋은 커피를 만들고 있다는 뜻이다.

©ato_season

맛있는 커피는 설탕이 필요 없다

조앤의 바닐라 라테

조앤은 카페 맞은편 보석상에서 일한다. 아담한 체구에 늘 단정함을 유지하는 나이 든 호주 여자다. 보석상은 매일 8시에 문을 여는데 그녀는 출근 전 30분 먼저 와서 커피 한 잔을 마신다. 매일 아침 카페에서 그녀를 만나지만 이렇게 되기까지 카페가 오픈하고 무려 6개월이나 걸렸다.

카페를 오픈했을 때 조앤이 커피를 마시러 왔다. 라테에 캐러멜 시럽과 설탕 두 스푼을 넣어달라고 했다. 이 정도면 설탕 음료에 가깝다. 그때는 커피를 마시기 위해서라기보다 새 이웃에게 인사하기 위함이다. 며칠 뒤 보석상 이름이 적힌 아이디로 구글에 별 다섯 개가 붙은 리뷰가 달렸기 때문이다. 그 설탕 음료에 가까운 커피에 대해서.

조앤은 이웃으로서 할 수 있는 멋진 환영 인사를 해준 셈이다. 이후로 한동안 카페를 찾아오지 않았다. 하지만 어딘가에 있을 카페에 들러 매일 자신의 커피를 마셨을 것이다.

어느 날 아침 불현듯 나타나 커피를 마시기 시작한 이후로 조앤은 매일 아침 그 시간에 어김없이 커피를 마시러 왔다. 카페가 오픈하고 6개월이나 지났을 때였다. 간혹 마주치면 모든 호주 사람이 그러하듯 밝게 인사해주었고 카페에서 에그타르트를 한 번 사 먹었을 뿐이다. 그때는 어떤 이유로든 입이 심심했으리라. 하지만 그날 가게는 유별나게도 바빴고 에그타르트는 볼품없는 모양으로 완성됐다. 그래서 다음 날 제대로 된 에그타르트 세 개를 만들어 그녀가 일하는 보석상에 가지고 갔다. 가게에는 세 명이 일하고 있었고 나 또한 이웃으로서 인사를 하고 싶었다. 적어도 보석을 사러 갈 일은 없을 것 같았으니까. 참고로 말하면 호주의 패션이나 액세서리는 한국과 비교가 불가능할 정도로 품질이 떨어지는 데다 가격 또한 무척 비싸다.

호주 카페의 커피 가격은 조금 엉뚱하다. 먼저 아메리카노와 똑같은 롱블랙 커피는 우유가 들어간 라테나 카푸치노와 가격이 같다. 에스프레소 샷을 추가하거나 특별한 우유를 선택할 때 추가 비용이 든다. 대부분 5백 원 정도다. 그리고 설탕이나 감미료는 추가 비용을 받지 않지만 시럽은 추가 비용을 받는다. 카페마다 다르지만 대부분 캐러멜, 바닐라, 헤이즐넛 세 가지 시럽이 가장 많이 쓰이는데 1천 원 정도가 추가된다. 가장 엉뚱한 것은 아이스커피 가격이다. 아이스가 들어간 커피는 대부분 6달러부터 시작한다. 예를 들어 에스프레소 샷과 바닐라 시럽을 추가한 소이 밀크 아이스라테의 가격을 보면 기본 6달러에 추가 비용이 2.5달러나 된다. 커피 값이 총 8.5달러가 되는 것이다.

조앤은 바닐라 시럽을 추가한 락토스 프리 밀크 라테를 마신다. 라테가 4.5달러이고 락토스 프리 밀크는 50센트, 바닐라 시럽은 1달러가 추가되는데 결국 6달러짜리 커피가 되는 것이다. 두 번째 그녀가 커피를 주문했을 때 앞으로 시럽은 서비스로 넣어줄 테니 5달러만 받겠다고 제안하자 무척 기뻐했다. 이런 식의 서비스는 호주 카페에서 흔하지 않다. 세상에 공짜를 싫어하는 사람은 없겠지만 이런 제안에 호주 손님은 괜찮다고 한다. 하지만 이는 진심이다. 이럴 때는 내 방식으로 마무리 짓는다. 한국에서는 이렇게 하는데 한국식으로 하자고 말이다. 지금껏 이 제안을 거절한 호주 사람은 없었다.

조앤은 출근하는 날이면 출근 전에 카페에 와서 커피를 마신다. 다행히 바닐라 시럽의 양을 절반이나 줄이는 데 성공했다. 바리스타는 한결같이 말한다. 맛있는 커피는 설탕이 필요 없다고. 시럽이나 설탕을 찾는 손님에게 이 말은 비아냥거리는 것으로 들릴 수 있다. 하지만 설탕이 몸에 좋지 않다는 건 캥거루도 알 만한 사실이다. 커피에 넣는 설탕은 어쩔 수 없는 선택인 경우가 많다. 고로 훌륭한 바리스타라면 손님에게 비아냥거릴 생각은 접고 설탕이 필요하지 않을 만한 커피를 만들어내야 한다.

조앤은 가끔 카페에서 점심을 사 먹는다. 도시락을 준비하지 못한 날이면 아침에 점심 메뉴를 추천받고 커피를 마신 뒤에 출근한다. 그리고 점심시간에 추천 메뉴를 먹으러 온다.

호주 직장인의 점심시간은 짧다. 하루에 8시간 일하고 1시간의 휴식 시간이 주어진다. 호주 사람은 1시간의 휴식 시간 중 모닝 티타임에 30분 정도를 할애한다. 바로 커피 때문이다. 그리고 점심시간에 30분 정도를 사용한다. 문제는 모닝 티타임을 점심시간보다 여유롭게 사용하다 보니 점심시간이 짧을 때가 많다는 것이다. 30분이란 시간은 점심 식사를 처리하기에 충분하다. 하지만 식당까지 찾아가 주문하고 기다렸다가 점심을 먹고 사무실로 돌아오기에 30분은 짧다. 그래서 호주 직장인들은 대부분 도시락을 준비해서 출근한다. 아니면 샌드위치나 스시 같은 빠르고 간단한 음식을 선호한다.

조앤이 방문하는 시간은 한가한 편이라 이야기를 나누곤 한다. 그녀는 매번 이 카페를 극찬하는 손님이다. 진심에서 나오는 칭찬이다. 커피는 정말 일관성 있고, 아침에 햇살이 카페에 들어왔다 가서 좋고, 카페에 흐르는 노르웨이 듀오 킹스 오브 컨비니언스(Kings of Convenience) 음악까지, 이 카페에 들어 있는 모든 것을 극찬한다. 언제든 올 수 있는 거리에 있는 이런 카페를 두고 6개월이나 가던 카페를 간 것이다. 대부분 호주 커피 드링커는 그녀와 같다. 하지만 그녀는 앞으로 이 카페를 찾아올 것이다.

근육질에 타투를 휘감은 소중한 내 손님

코리와 브리트니의 아몬드 카푸치노, 그리고 소이 플랫화이트 카페가 오픈하고 얼마 되지 않아 코리와 브리트니는 단골손님이 됐다. 두 사람은 카페가 있는 건물 6층에 위치한 사무실에서 일한다. 두 사람의 유일한 공통점이라면 전화로 주문을 하고 나타난다는 것이다. 5분이면 도착한다고 하고 15분이 되어도 오지 않는 대부분의 호주 사람과 다르게 두 사람은 전화를 끊자마자 나타난다. 어쩌다 지각이라도 하는 날이면 사무실까지 가져다줄 수 있는지 부탁한다. 아주 정중한 태도로 미안하다는 말을 수도 없이 반복하면서.

간혹 커피를 가지고 코리가 일하는 사무실에 가면 동료들은 그에게 보스처럼 부려먹는다며 핀잔을 준다. 매일 카페에 들러 커피와 아침 식사를 하는 단골손님이 이런 요구를 당연하게 여기지 않는 것만으로 기꺼이 해주고 싶다.

코리의 커피는 아몬드 카푸치노에 스위트너 2개를 넣는다. 호주 커피에 단맛을 낼 때는 설탕, 스위트너, 또는 시럽을 사용한다. 호주 카페에서 스위트너를 이퀼(Equal)이라 부르기도 한다. 브랜드 이름이 유명해져 제품을 부르는 이름이 됐다. 스위트너는 단맛을 가진 유기 화합물, 즉 감미료이다. 스위트너를 찾는 사람은 둘 중 하나다. 당뇨병 환자이거나 운동을 하는 사람이거나. 팔부터 목을 넘어 머리까지 타투를 한 다부진 체격의 코리는 헬스장에서 매일 운동을 할 것이다. 그래서 설탕 대신 스위트너를 넣고 지방과 유당이 없는 아몬드 밀크로 만든 커피를 마시는 것이다.

브리트니는 소이 플랫화이트에 설탕 한 스푼을 넣는다. 더운 날에는 아이스 소이 라테를 마시지만 대부분 따뜻한 커피를 마신다. 설탕 없이 커피를 주문할 때마다 "설탕 넣죠?"라고 물어보면 입꼬리가 올라간 미소로 '네가 더 잘 알잖아'라는 표정을 짓는다. 커피를 마시는 호주 사람이 카페에서 맛있는 커피보다 더 좋아하는 것이다. 호주 카페에서 쓰는 설탕은 로우 슈거이다. 정제되지 않는 당으로 설탕의 원료가 되는 갈색 설탕인데 고기를 재울 때나 과자나 소스에 넣으면 좋지만 커피에는 로우 슈거가 더 적합하다.

코리와 브리트니의 이름은 6개월이 다 되어서야 알게 됐다. 이름이나 사적인 것을 함부로 물어보면 안 될 것 같은 손님도 있게 마련이다. 이런 손님과 가까워지는 데는 많은 시간이 필요하다. 이렇게 가까워진 거리는 쉽게 멀어지지 않는다. 조금 과장하자면 뺨을 때리더라도 다음 날 커피를 마시러 올 정도로 말이다.

코리와 브리트니는 연인 사이일거라고 추측하고 있다. 수개월 동안 지켜본 정황이 유일한 근거인데 지극히 사적인 것이라 묻지 않았다. 두 사람 모두 사적인 질문에 예민하게 받아들일 타입의 손님이다. 둘의 이름을 알기 전까지 그들은 주문을 하고 나는 주문대로 만들어주기만 했다. 두 사람이 연인인지 물어보기까지 더 많은 시간이 필요할 것이다. 그때가 되면 두 사람은 충분히 사귀고 헤어지지 않을까 염려까지 들 정도로 말이다.

호주의 주거 비용은 매우 비싼 편이다. 한국에서 원룸에 살 때 한 달에 30만 원의 비용이 든다면 호주는 일주일에 30만 원 정도의 비용이 든다. 무려 3배 이상 비싸다. 그러다 보니 방이 2~3개인 아파트를 렌트하고 셰어메이트를 구한다. 주거 비용이 비싼 호주에서 연인들은 쉽게 동거를 한다. 호주 사람은 물론 한국 사람도 예외는 아니다. 호주 사람과 이야기를 하다 보면 연인이란 표현만큼 많이 등장하는 것이 파트너라는 단어다. 파트너는 함께 사는 연인이라고 보면 된다. 쉽게 결혼하고 쉽게 이혼하는 나라에서 사람들은 동거를 더 선호한다. 비싼 주거 비용 때문에 모르는 사람보다 좋아하는 연인과 집을 공유하는 것이 편하고 쉽기 때문일 것이다.

유학을 목적으로 떠나는 캐나다와 미국과는 달리 호주는 많은 사람들이 돈을 벌 목적으로 온다. 그러니 지출에 예민할 수밖에 없다. 아직 결혼할 나이로 보이지 않는 코리와 브리트니도 비슷한 이유로 함께 살고 있을 것이다. 카페에 함께 올 때도 있지만 대부분은 둘 중에 한 사람이 주문을 하고 둘 중의 한 사람이 커피를 가지러 온다.

코리와 브리트니는 대부분 카페에서 아침 식사를 해결한다. 젊은 세대가 일찍 일어나 집에서 아침 식사를 챙긴 후 출근한다는 것은 한국이나 호주나 쉽지 않다. 호주에서 10대, 20대가 점심 도시락까지 들고 출근하는 모습은 보기 힘들다.

브리트니는 아침 식사로 사워 도우 토스트에 수란 두 개를 올려 먹는다. 코리는 빵은 빼고 구운 버섯, 아보카도와 스크램블 에그를 먹는다. 탄수화물을 먹지 않는 것을 보니 헬스장에서 열심히 운동을 할 것이다. 근육질 몸에 타투를 두르는 일에 모든 것을 쏟아붓는 여느 호주 젊은이들처럼 말이다.

©Joel Park

둘째 아이도 내 단골로 만들어줘요

쿠이니의 카푸치노

호주에는 많은 이민자가 살고 있는데 그중 중국인 이민자 이야기를 빼놓을 수 없다. 숱한 나라에 도시마다 차이나타운을 만들어 내는 화교라 불리는 중국인 이민자는 호주도 정복했다. 호주 전역의 부동산 가격을 일제히 상승시킨 중국인의 힘은 실로 대단하다. 몇 년 전만 해도 원화로 8억 원 정도면 한국인도 투자 이민을 올 수 있었지만 수많은 중국인 부자들로 인해 투자 이민의 길이 사실상 막힌 것이다. 항간의 이야기로는 20억 원이 넘는 돈을 들고 투자 이민을 기다리는 중국인이 2만 명이 넘는다고 한다. 2년 전 중

ⓒato_season

RRINGBONE
BLACK
WHITE
ICED
HAND DRIP
COLD BREW
NOT COFFEE
TEA
CHAI
CHOCOLATE
EXTRA
SHOT
DECAF
ALT MILK
SYRUP

국인들은 골드코스트에 차이나타운을 만들었다. 차이나타운을 중심으로 수많은 중국인이 거리를 메우고 있고 그중에 쿠이니 가족이 있다.

쿠이니는 남편 데이비드, 딸과 골드코스트에서 살고 있다. 10명이 넘는 직원과 함께 중국인 여행사를 운영하고 있다. 한때 브리즈번과 골드코스트에 두 개의 사무실만 운영할 정도로 사업은 성황이었다고 한다. 현재는 임대료 지출을 줄이기 위해 가장 임대료가 저렴한 골드코스트 사무실 하나만 운영하고 있다.

쿠이니는 골드코스트에서 불굴의 힘을 가진 홍콩 출신 사업가로 잘 알려져 있다. 그녀는 어떤 위기가 닥쳐도 해결해낼 힘이 있다. 사실 호주에서 위기란 한국이나 중국에서와 같은 위기라고 하기에는 쑥스러운 수준일 수 있다. 카페에서 남편과 커피를 마시면서 알아들을 수 없는 중국말로 카페를 나가기 전까지 쉬지 않고 남편을 다그치는 모습이나 다이어트를 하겠다고 스키니 밀크와 아몬드 밀크 카푸치노를 번갈아가며 남김없이 마시는 것만 봐도 그녀가 평범한 중국 여자가 아니라는 것을 알 수 있다.

쿠이니는 누구와 카페에 오더라도 언제나 모든 결정은 자신이 한다. 그녀는 스키니 또는 아몬드 카푸치노를 마시고 남편이 마실 커피까지 정해준다. 카페가 처음 오픈했을 때는 함께 카푸치노를 마셨지만 다이어트를 선언하고 자신은 우유를 바꾸더니 남편 커피는 스몰 사이즈 라테로 바꿔주었다. 그리고 간간이 음식을 곁들인다. 다이어트 선언 전에는 버거나 구운 버섯이나 베이컨, 달걀을 토스트에 올린 전형적인 호주 스타일 아침 식사를 즐기다가 요즘에는 하프 사이즈 스매시드 아보카도를 먹는다. 그리고 간혹 남편에게 베이컨과 프라이드 에그를 주문해 준다. 그녀의 남편은 조용히 쿠이니가 주문한 음식과 커피를 먹는다. 그녀가 주도하는 일방적인 대화가 시작되기 전까지 말이다.

쿠이니 부부는 하나뿐인 딸을 끔찍이 아낀다. 이 동네에 그들이 갈 만한 카페가 많이 있지만 이곳으로 오는 가장 큰 이유는 딸이 좋아하는 베이컨 & 에그 롤 때문이다. 아침에 학교를 가기 전에 반드시 먹어야 하는 음식이 되었다. 음식을 받아들 때 아이의 표정은 상자를 열어 보물을 본 것처럼 밝다.

베이컨 & 에그 롤에 쓰이는 빵은 한국에서 버거 빵이라고 부르는 번이다. 호주에서는 롤이라고도 하는데 구운 베이컨과 프라이 에그를 감싸면 베이컨 & 에그 롤이라고 한다. 호주 카페에 반드시 있어야 할 아침 메뉴다. 이 롤에 슬라이스 체다 치즈 한 장을 넣기도 하고 일반적으로 바비큐 소스를 넣지만 토마토 렐리시 소스가 더 좋다고 생각한다. 바비큐 소스는 스모키하고 짠맛이 강하지만 토마토 렐리시 소스는 케첩과 바비큐 소스 중간쯤 되는 맛으로 신맛, 매운맛, 짠맛의 조화가 훌륭해 베이컨, 에그, 치즈와 만나 드림팀을 연상시키는 환상적인 맛을 낸다. 호주 사람뿐 아니라 중국 사람, 그린란드에서 온 사람이라도 충분히 반할 맛이다.

호주는 아이들의 천국이다. 아이들이 자라기 좋은 곳이기도 하지만 부모에게 아이를 키우기 좋은 곳이기 때문이기도 하다. 호주는 아이 먼저라는 의지를 어디서나 쉽게 볼 수 있다. 슈퍼마켓은 언제나 아이들을 위한 선물을 사은품으로 내세우고 공짜 과일을 나눠주기도 한다. 기업의 이런 분위기는 국가 정책의 영향이기도 하다. 호주에는 국민을 위한 수많은 복지 혜택이 있는데 정부의 휴먼 서비스 웹페이지에 들어가면 자세히 확인할 수 있다. 호주 국민이 누릴 수 있는 사회복지 종류만 100가지가 넘는다.

호주는 고등학교 10학년까지 의무교육이며 학비를 국가가 부담한다. 대학에 가더라도 국가는 작은 이자로 학비 전액을 융자해준다. 호주는 아이를 낳아 키울 때 경제적인 부담이 크지 않다. 오히려 경제적 지원이 있어 아이를 세 명 이상 갖는 가정을 많이 볼 수 있다. 한국은 사회적 불안감 때문에 아이 낳기가 겁난다고 하지만 호주는 부부 간의 사랑만 충분하다면 얼마든지 아이를 낳아도 된다. 쿠이니 부부도 그럴 수 있다고 기대와 응원을 보낸다. 둘째 아이도 베이컨 & 에그 롤 없이는 학교에 가지 않을 것이기 때문에.

©ato_season

꿀 떨어지는 노부부와 이야기하는 시간

로버트와 빅토리아의 더블 에스프레소, 그리고 소이 플랫화이트

호주에서 애완동물은 남자보다 더 좋은 대접을 받는다. 카페에 있으면 규칙에 맞추어 강아지를 데리고 산책을 나가거나 들어오는 사람을 쉽게 본다. 이 산책마저도 일관성이 있어서 카페 손님이 아니더라도 인사하는 사이가 된다.

애완동물을 위해서일까. 호주는 어디에 가더라도 공원이 닿는다. 공원은 저마다 다양한 동식물이 자연스럽게 살아가고 있다. 그리고 누구나 이용할 수 있도록 화장실, 바비큐 시설, 식수대, 샤워부스 등의 시설도 갖추고 있는데 식수대 아래에는 강아지를 위한 식수대가 붙어 있다. 공원에서 남자를 위한 공간은 남자 화장실뿐이지만 강아지를 위한 배려는 곳곳에서 볼 수 있다.

호주는 카페의 실내 면적만큼 실외 면적을 중요하게 생각한다. 호주 사람은 커피를 마시면서 햇볕을 쬐고 실내에서 달고 온 답답함을 벗어던지려 실외에 앉으려는 사람이 많다. 강아지를 데리고 온 사람이라면 더욱이 실외에 앉는다. 로버트와 빅토리아도 예외는 아니다.

로버트와 빅토리아는 나이가 지긋한 호주 백인 부부로 언제나 서로에게 다정다감하다. 세 자녀에 손자까지 둔 그들은 여전히 서로를 사랑하고 있다. 둘은 이야기할 때마다 눈가에 웃음을 머금고 서로를 보는데 요즘 말로 꿀이 떨어진다. 지난해 이집트 여행 중에 만난 이집트 갑부가 그녀를 데려가기 위해 낙타 100마리를 지참금으로 제안했는데 단숨에 거절했다고 한다. 그는 언제나 그녀를 배려하고 그녀는 그의 배려를 충분히 누린다.

로버트는 헝가리 출신으로 직업은 외과의사이고 빅토리아는 영국 출신으로 은퇴 후 집에서 강아지를 돌보며 살아간다. 그는 저명한 의사로 그녀를 골드코스트에 남겨두고 종종 출장을 떠난다. 그녀 말에 따르면 다른 지방에서 강의를 하고 세미나에 참석하는 것이라고 한다. 세 자녀는 두 사람으로부터 떨어져 시드니에 살고 있지만 강아지가 있어서 그런지 그녀는 외로워 보이지 않는다. 그 강아지는 그들의 네 번째 자녀나 다름없다.

빅토리아는 스몰 사이즈의 소이 플랫화이트를 마시고 로버트는 더블 에스프레소를 마신다. 호주에서 더블 에스프레소는 투샷 에스프레소를 말한다. 까다롭다고 할 수도 있겠지만 그가 마시는 커피는 몇 가지 옵션이 함께한다. 에스프레소 투샷을 작은 머그에 담고 에스프레소 추출을 받아내는 두 개의 크리머에 각각 뜨거운 물과 꿀을 조금 담는다. 호주 사람은 대체로 커피를 천천히 마시는 편이다. 그러다 보니 중간에 식어버린 커피의 온도를 조금이라도 높이기 위해 뜨거운 물을 따로 부탁한다.

나는 고등학생이 되고 나서 생애 첫 에스프레소를 맛보았다. 한국에 오픈한 스타벅스에 들어가 메뉴판 첫 번째에 위치한 커피를 주문했는데 그것이 에스프레소였다. 커피라고는 믹스커피밖에 모르던 때라 일어난 참사였지만 15년이 흘렀음에도 생생할 정도로 쓰디쓴 맛없는 커피였다. 그렇게 에스프레소에 대한 끔찍한 경험을 안고 간 이탈리아의 커피 바에서 마신 에스프레소는 비교가 안 될 정도로 쓰지만 맛있는 커피였다. 두 커피의 간극은 남극과 북극만큼이나 멀었다고 기억하고 있다.

호주는 유럽에서 떨어져 나온 섬이라 해도 믿을 정도로 사람들은 에스프레소 머신으로 만든 유럽식 커피를 마신다. 이미 세계는 드립이나 에어로프레스 등의 기기를 이용해 커피가 품은 더 좋은 맛을 탐색해가고 있지만 호주 사람은 아랑곳하지 않고 에스프레소에 우유를 넣은 화이트커피를 마신다.

커피 원두를 에스프레소로 추출하면 크리머라는 옅은 황금색이나 갈색 크림 층이 생긴다. 이는 커피에 포함된 오일이 증기에 노출되어 만들어지는 것으로 커피의 향과 따뜻함이 오래가도록 해주는 옷 역할을 한다. 크리머의 아로마는 커피를 마시기 전부터 코끝을 유혹하며 부드럽고 상쾌한 단맛을 지니고 있어 에스프레소의 백미로 통한다. 크리머는 에스프레소를 추출할 때 짧은 시간에 커피를 불리고 압력으로 밀어내어 생기는데 바로 이것이 에스프레소가 커피의 표준으로 자리 잡는 데 결정적인 역할을 했다. 크리머의 색깔과 그러데이션 정도를 통해 에스프레소가 잘 추출되었는지의 여부를 알 수 있다. 블랙커피를 마실 때 크리머가 많아 커피잔의 표면을 충분히 덮고 있으면 좋다고 생각하지만 크리머는 옷처럼 적당히 두꺼운 것이 좋다.

로버트와 빅토리아는 카페에서 걸어서 10분가량 떨어진 아파트에 산다. 그 아파트 1층에 장사가 잘 되는 카페가 있는데 호주에서 유명한 캄포스 커피를 사용하고 있고 수준 높은 카페 요리를 맛볼 수 있다. 두 사람은 그 카페를 뒤로하고 이곳까지 온다. 빅토리아의 남동생이 카페 근처에 살고 있어 한 번 들른 이후부터다. 강아지를 데리고 올 수 있도록 넓은 실외가 있다는 점이 크게 작용했으리라.

로버트도 빅토리아도 카페에 올 때마다 과하게 칭찬을 하고 간다. 호주 사람은 칭찬에 결코 인색하지 않지만 두 사람은 커피, 늘 먹는 스크램블 에그와 구운 버섯에 대한 구체적인 칭찬을 해 쑥스러움을 감출 수 없게 한다.

내가 살아온 세월의 두 배가 넘는 삶을 살아온 로버트와 빅토리아는 함께 이야기하다 보면 두 배 이상 되는 삶의 깊이를 느끼게 한다. 그들은 카페가 한가해지는 늦은 오전 시간에 와서 손님이 뜸할 때면 언제나 먼저 안부를 묻고 대화를 걸어온다. 나는 어디에서 왔으며 어쩌다 여기 있는지, 왜 커피를 만들게 되었고 이것이 어떤 의미가 있는지와 같은 간단하지 않은 것에 대해서 말이다. 다정다감한 두 사람과 대화는 표면과 내면의 차이를 새삼 실감하게 한다. 내면을 아우르는 질문에 답하다 보면 친밀감이 생겨날 수밖에 없다.

카페에서 일하다 보면 시간이 금세 흘러간다. 새벽에 카페 문을 열어 출근 시간 전까지 몰려든 사람들을 상대하고 한숨 돌리고 나면 모닝 티타임이 시작된다. 점심시간을 넘기고 오후 커피까지 만들고 나면 금방 오후 3시가 되고 퇴근을 준비한다. 이렇듯 지루하지만은 않은 하루가 매일 반복되는 곳에서 쉽게 새로움을 만끽하는 것도 무리다. 하지만 로버트나 빅토리아 같은 손님과의 대화는 새로운 세상, 새로운 나를 상상하게 한다.

ⓒato_season

제발 돌아와 줘요, 건강한 모습으로

브라이언의 스위트 플랫화이트

미국의 어느 작가는 '때로 인생이란 커피 한 잔이 안겨다 주는 따스함의 문제'라고 했다. 커피를 사랑하는 일본인 작가 무라카미 하루키는 커피를 다룬 글 중에서 이 문장이 제일 흡족스럽다고 했고 나도 같은 생각이다. 카페 손님 중 이 문장과 가장 어울리는 사람을 꼽으라면 단연 브라이언일 것이다.

청남방과 반바지에 챙이 짧은 모자와 안경을 쓴 브라이언은 전동 휠체어가 아니면 외출을 하지 못할 정도로 쇠약한 노인이다. 그는 오전에 두꺼운 책을 들고 카페에 온다. 그리고 실외로 나가 몸이 햇살에 반쯤 잠기는 지점의 테이블에 앉아 커피를 마시며 두꺼운 책을 읽는다. 전에는 전동 휠체어를 입구에 세우고 걸어 들어와 실내 바 테이블에 앉았지만 이제 그의 건강이 허락지 않는다. 그는 실외의 테이블 옆에 전동 휠체어를 세우고 가까스로 의자에 옮겨 앉을 정도로 건강이 안 좋아졌다.

한동안 카페에 오지 않던 브라이언을 아파트 입구에서 만났을 때 건강이 너무 좋지 않아 커피를 마실 수 없다며 애석해했다. 호주 사람에게 카페는 커피를 마시기 위해 가는 곳이다. 책을 읽거나 수다를 떠는 건 굳이 카페가 아니라도 된다. 그러니 매일 커피를 마시러 오던 나이든 손님이 어느 날 오지 않는다면 커피를 마실 수 없는 것이다. 아니면 더 슬픈 소식을 각오해야 한다.

건강이 나빠진 후 브라이언은 일주일에 한두 번 카페를 찾아온다. 여전히 두꺼운 책을 들고서. 그가 전동 휠체어를 무사히 주차하면 그에게 다가가서 주문을 받는다. 그럴 때면 그는 전보다 더 심하게 떠는 손으로 신용카드를 내민다. 그 짧은 순간 슬픔이 일어 부디 오랫동안 건강해서 커피를 즐길 수 있길 바라게 된다. 그가 반평생 마셔왔을 소이 플랫화이트를 말이다.

브라이언은 스위트너를 두 개나 넣은 소이 플랫화이트를 늘 테이크어웨이 컵에 주문해 마신다. 그것이 더 가벼워 좋다고 했다. 그가 마시는 커피는 레귤러 사이즈 컵에 에스프레소 싱글 샷을 넣고 뜨거운 물을 절반까지 채운 다음 소이밀크를 섞는다. 카페인과 우유 모두 절반씩 줄인 것이다. 그는 젊은 시절 로우 슈거 한 스푼을 넣은 소이 플랫화이트를 마셨을 것이다. 세월 앞에 인간의 몸뿐 아니라 마시는 커피까지 약해지는 것이다.

브라이언은 토요일이면 아들과 함께 카페에 오는데 베이컨 & 에그 롤을 커피와 함께 먹는다. 크리스피한 베이컨, 그리고 롤은 절반으로 잘라 토스터에서 납작하게 구워줄 것을 정중히 부탁한다. 그의 주문대로 만들어 준 것이 마음에 들었는지 그는 혼자 와서도 종종 먹던 것으로 달라고 한다.

브라이언의 직업은 작가였다. 지금은 나이가 많이 들어 은퇴했지만 여전히 작가로서의 풍모는 남아 있다. 심하게 떠는 손으로 책장을 넘기면서 간간이 펜을 꺼내 들어 메모를 하는 모습은 작가로서의 삶이 생업 그 이상이었음을 짐작하게 한다.

브라이언은 책을 더이상 쓰지 않지만 정부의 복지 덕분에 충분히 여유로운 삶을 살고 있다. 건강만 허락한다면 매일 카페에서 소이 플랫화이트와 베이컨 & 에그 롤을 충분히 즐길 수 있다. 호주 정부가 주는 돈으로 말이다.

호주는 몇 년 전 개인연금 지급 정책을 변경해 70세부터 지급하고 있다. 호주에서는 연금을 펜션(Pension)이라고 하는데 매주 수요일에 지급된다. 연금 지급일이 되면 수요일 밤부터 목요일까지 카페나 도박장에서 평소보다 더 많은 노인을 보게 된다. 기초 연금에 개인 연금과 렌트 보조금 등 수많은 복지 혜택을 합하면 호주에서 노인의 삶은 척박할 수가 없다. 그러니 연금을 받으면 착실하게 모두 소비하는 것이다. 호주에서 노인이 굶거나 추워서 돌아가셨다는 뉴스는 보기 힘들다. 호주에서 이런 뉴스는 외계인의 침공 뉴스만큼이나 쇼킹한 것이다.

호주에는 연금제도 외에 에이지드 케어(Aged Care)라는 노인을 돕는 복지도 잘되어 있다. 카페에 에이지드 케어 명찰을 단 보호자와 함께 오는 노인을 보는 것은 흔한 일이다. 필요한 사람에 한해 국가에 신청하면 무상으로 도움을 받을 수 있다. 집 안 청소나 식료품 쇼핑 외에도 커피를 마시러 가는 것까지 말이다. 나이를 불문하고 커피를 마시는 것은 집 안 청소나 식료품을 사는 것만큼 중요하다.

브라이언도 종종 에이지드 케어 명찰을 단 보호자와 함께 카페에 온다. 보호자는 그가 테이블 의자에 앉고 주문을 마치면 곧장 자리를 뜬다. 그러면 그는 혼자만의 시간을 갖는다. 두꺼운 책을 읽으며 커피 한 잔이 안겨다 주는 따스함을 느끼기 위해 카페를 찾는 것이기 때문이다.

손님이 밀려오는 바쁜 시간이 지나 여유가 생기면 오지 않는 손님을 생각하게 된다. 와야 할 손님이 오지 않으면 궁금하기도 하지만 브라이언처럼 건강이 좋지 않은 손님은 걱정이 앞선다. 조만간 카페에 와서 여전히 커피를 마실 수 있다고 안심시켜주었으면 하는 바람이다.

HOLY EGG
HOLY EGG
©Joel Park

©Joel Park

커피와 함께하는 삶,
커피잔에 담긴 이야기

03

boutique H

$20
MILLION
$5
MILLION
News
ON SALE
HERE

콜라병 대신 커피잔을 든 노숙자

자넷의 카푸치노

매년 1월 26일은 오스트레일리아의 날이다. 1788년 1월 26일 영국 함대와 영국 이민자들이 시드니 록스에 최초로 상륙한 날을 기념하는 호주 최대 국경일 중 하나다. 호주는 이날을 국가적 '개척의 날'로 여겨 각종 행사를 열어 크게 기념해 왔다. 카페마다 커먼웰스 플래그(Commonwealth Flag)라 부르는 호주 국기를 걸어 두고 밤이 되면 폭죽도 터트린다. 이날은 호주 시민권을 신청한 이민자가 시민권을 받는 날이기도 하다. 미국보다 짧은 역사에 다양한 이민자들로 이루어진 나라 호주, 이날만큼은 모두 애국심이 철철 넘친다. 하지만 이날은 에보리진(Aborigine)이라 불리는 호주 원주민에게는 가장 치욕적이고 슬픈 날이다. 버젓이 땅의 주인으로 살아가던 그들에게 호주 대륙을 '주인 없는 땅'으로 규정하고 '침략의 날'로 선언한 날이기 때문이다.

호주는 집이 없는 사람에게 렌트 보조금을 줄 정도로 복지가 좋은 나라지만 도시마다 노숙자가 있다. 대낮에 술병을 들고 거리를 서성이거나 약에 취해 거리에 쓰러져 잠을 잔다. 노숙자 대부분이 에보리진이다. 흔히 에보리진은 까만 피부를 가진 사람이라고 생각하기 쉽지만 그간 혼혈화 탓에 백인의 에보리진도 있다. 노숙을 하는 에보리진은 사회로부터 심각하게 소외되어 있다. 거리에서 구걸을 하고 분수대에서 몸을 씻고 화단에서 대소변을 보기도 하며 건물들 틈에서 잠을 잔다. 이런 에보리진도 렌트 보조금을 포함해 무상 복지를 받지만 대부분 돈을 술과 마약, 도박에 탕진한다. 헤어나올 수 없는 늪에 빠져 있는 것이다.

자넷은 거리에서 노숙하는 에보리진이다. 그녀의 이름을 알게 된 것은 카페에 커피를 사러 왔을 때였다. 커피를 구걸하는 것이 아니라 당당히 커피를 주문하고 계산을 했다. 누가 보아도 노숙자 행색인 데다 카페 근처 은행 입구에서 잠을 자는 그녀는 지나가는 사람들에게 구걸을 한다. 커피는 구걸한 돈으로 사 마시는 것이다.

자넷은 다섯 스푼의 설탕을 넣은 카푸치노를 주문해 마신다. 뜨거운 커피를 마시지 않기 때문에 마지막에 차가운 우유를 조금 넣어달라고 한다. 이것만 봐도 그녀는 종종 커피를 마셔온 것이다. 다섯 스푼의 설탕이 들어간 커피는 다디단 커피 맛 우유라고 보는 것이 옳다. 그녀가 눈치채지 못하도록 네 스푼의 설탕만 넣고 애초에 밀크를 뜨겁지 않게 스팀을 한다. 사실 뜨겁게 스팀한 밀크에 차가운 밀크를 섞는다는 것은 말이 되지 않는다. 그런데 이 커피가 맛있는지 종종 카페를 찾는다. 어떤 날은 커피 두 잔을 마시기도 한다. 대부분 동전을 들고 오지만 지폐를 들고 올 때도 있고 돈이 없으니 내일 주겠다며 2달러만 던지고 갈 때도 있다. 중요한 건 약에 취해 횡설수설하더라도 계산은 정확하게 한다는 것이다. 부족했던 돈을 다음에 빈틈없이 지불하니 말이다.

호주에서 노숙하는 에보리진도 일관성 있는 커피를 선호하는 것 같다. 상가에 5개나 더 되는 카페가 있지만 자넷은 언제나 이곳으로 온다. 아마도 그녀의 출입을 막거나 주문을 거절하는 카페도 있을 것이다. 상가 관리 사무소 매니저가 종종 노숙자를 쫓아내면서 가게마다 이들에게 물건을 팔지 말라고 당부하기 때문이다.

상가 주변에는 대략 10명 미만의 노숙자들이 있다. 이들을 놓고 상가 관리 사무소 보안 요원들과 경찰들은 매일같이 소탕 작전을 펼친다. 아마 이 동네 경찰의 유일한 업무일 것이다. 거리에 눕거나 앉아 있던 노숙자들은 이들이 오면 일어나 걸어 다니며 비웃는다. 걸어 다니는 사람은 노숙자가 아니기 때문이다.

현재 에보리진은 정부가 특정한 60여 개의 원주민 캠프에서 살고 있는데 무지와 무관심 때문에 몸은 성치 않고 평균 수명은 호주 시민에 비해 17년이나 짧다. 70퍼센트는 난청을 겪고 있으며 2.5퍼센트는 뇌 기능 장애가 있다고 한다. 어린 시절 비위생적이고 열악한 환경에서 성장한 데다 임신 기간 중에도 술과 마약에 의존해 살아가기 때문이다. 초등학생 3학년의 경우 40퍼센트가 문맹이며 평균 33퍼센트만 졸업에 성공한다. 원주민 가정의 수입은 호주 평균에 비해 3배나 적고 대부분이 보조금이며 젊은 사람은 50퍼센트나 실업 상태에 있다.

호주의 원주민 문제는 아름다운 자연의 나라 호주의 감추고 싶은 어두운 단면이다. 호주 교도소 전체 수감자의 4분의 1, 소년원의 59퍼센트가 원주민이다. 청소년의 수감률은 다른 인종과 비교해 28배나 높다. 이런 현실에서 빵 한 개를 훔치거나 은행 문 앞에서 잠을 잔다는 이유로 체포된 원주민도 있다. 수많은 사례를 통해 알 수 있듯이 원주민에게 유독 가혹한 잣대를 들이대고 있다. 그들에 대한 이미지는 일그러져 있고 차별은 해를 거듭할수록 심해지고 있다. 질병과 빈곤은 약과 식량으로 해결할 수 있다지만 편견과 차별은 쉽게 해결할 수 없다.

에보리진의 삶을 집어삼킨 거대한 절망 가운데 희망이 없는 것은 아니다. 종종 카페에서 음식을 사서 노숙자 손에 쥐어주는 사람을 볼 수 있다. 구걸하는 노숙자에게 망설임 없이 2만 원이나 되는 지폐를 쥐어주는 사람도 있다. 어느 날 단골손님인 알렉산드리아가 카페에서 식사를 마치고 샌드위치를 추가로 주문하더니 길바닥에서 잠자는 자넷을 깨워 손에 쥐어주고 가는 것을 보았다. 돌아오는 길에 눈물을 훔치던 그녀의 모습은 나를 숙연하게 만들었다.

노숙자 중에 커피를 마시는 사람은 자넷이 유일하다. 다른 노숙자들은 술병이나 2리터나 되는 콜라병을 들고 다닌다. 그녀의 행색은 안타까움을 불러일으키지만 나는 그녀를 잘 알지 못한다. 고작 마시는 커피 정도만 알 뿐이다. 멀쩡해보이다가 어떤 날은 약에 취해 침을 흘리며 길바닥에서 잠을 자는 그녀는 아주 긴 이야기를 가지고 있을 것이다. 그것은 그녀의 일상을 넘어 그녀의 인생, 그들의 인생과 역사를 가로지르는 아주 긴 이야기일 것이다.

THE GREAT SOUTHERN HOTEL

괜찮아요, 나는 배려심이 많은 걸요
토니와 클라우스의 스트롱 플랫화이트

영화 '라이언 킹'에 나오는 티몬과 품바는 미어캣과 흑멧돼지로 주인공인 심바를 넘어서는 인기를 누린 조연들이다. 영국에서 오래 전에 호주로 이민을 온 토니는 흑멧돼지인 품바를, 덴마크에서 이민을 온 클라우스는 미어캣인 티몬을 연상시킨다. 인테리어 업자인 두 사람은 매일 카페 앞을 지나다니는데 토니는 옅은 회색 옷을, 클라우스는 남색 옷을 입고 다닌다. 두 사람 모두 복장마저 한결같아 좀처럼 다른 이미지를 상상하기 힘들다.

두 사람 모두 카페 근처에 살다가 토니는 최근 브리즈번으로 이사를 했다. 그런데 마침 이 근처에서 인테리어 공사를 하고 있어서 몇 달째 카페를 찾아 커피를 마시고 있다. 적당한 크기의 카페 인테리어 공사를 한 달 정도면 끝내는 한국과 달리 호주 인테리어 공사는 상상을 초월할 정도로 오래 걸린다. 공사를 진행하는 과정도 느긋하고 비효율적이지만 공사를 하는 사람도 느린 데다가 법과 규정을 완벽하게 지키다 보니 공사가 중단됐다가 다시 진행되는 일이 빈번하다. 두 사람은 공사가 끝날 때까지 카페를 찾아올 것이다.

토니와 클라우스가 매일같이 카페를 찾아온 지 벌써 3개월이 되었다. 그들이 하는 공사는 여전히 한창일 것이다. 이곳 공사를 끝내고 다른 지역에서 공사를 하게 되면 두 사람은 못 보게 될 것이다. 하지만 호주의 느긋함 덕분에 아직은 아니다.

블루 컬러 노동자가 그렇듯 토니와 클라우스도 아침 일찍 일을 시작하고 이른 오후에 일찍 끝낸다. 화이트 컬러가 모닝 티타임, 점심 브레이크 타임 두 번의 휴식을 갖는 것과는 달리 블루 컬러는 노동의 강도에 따라서 많으면 한 시간마다 브레이크 타임을 갖는다. 그리고 브레이크 타임마다 커피나 에너지 드링크를 마신다.

토니는 레귤러 플랫화이트를 마시고 클라우스는 엑스트라 샷을 추가한 플랫화이트를 마신다. 머그에 담아 여유롭게 카페에 앉아 커피를 마시는 사람들과 달리 블루 컬러는 테이크어웨이 컵을 선호한다. 이것은 단순히 어디에 담느냐의 문제가 아니라 용량의 문제다. 호주 대부분의 카페는 같은 사이즈라도 테이크어웨이 컵이 머그보다 크다. 조금 예민한 커피 드링커라면 알 만한 불편한 진실이다. 용량에 예민한 사람은 주문할 때 테이크어웨이 컵으로 부탁한다.

토니와 클라우스의 플랫화이트는 테이크어웨이 컵에 담고 뚜껑은 따로 주지 않아도 된다. 호주 사람에게 테이크어웨이 컵 뚜껑의 가장 큰 용도는 따뜻함을 유지하기 위함이다. 두 사람은 커피가 식을 틈이 없을 만큼 빨리 마신다. 하루에 커피 세 잔까지 거뜬히 마시는 클라우스와는 달리 토니는 오후가 되면 페퍼민트 티를 마신다. 어쩌다 날이 조금이라도 뜨거워지면 아이스 라테를 마시는데 앉은 자리에서 두 잔은 거뜬하다.

디저트 앞에서 대단히 절제된 태도를 보이는 화이트 컬러와 다르게 두 사람은 디저트나 베이커리도 거뜬히 해치운다. 마시는 것도 먹는 것도 정해져 있는 일반적인 호주 손님과 다르게 이것저것 즐기는데 바나나 브레드와 아몬드 크루아상을 번갈아가면서 먹는다. 바나나 브레드는 바나나, 밀가루, 버터 등을 섞어 만든 파운드케이크로 호주를 대표하는 빵이다. 아몬드 크루아상은 절반을 잘라 아몬드 가루를 섞어 만든 크림을 넣고 빵 위에도 아몬드 크림을 바른 후 아몬드 프레이크를 올리고 아이싱 슈거로 단맛을 낸 가장 인기 있는 베이커리다. 호주 카페에서 아몬드 크루아상은 6천 원 정도의 가격으로 샌드위치 가격과 맞먹지만 먹어보면 알 것이다. 그 돈이 아깝지 않다는 것을.

토니와 클라우스도 그간 안방을 드나들듯이 다른 카페를 다녔을 것이다. 두 사람도 일관적인 커피가 좋아 이곳에 온다고 했다. 하지만 주변의 다른 카페를 뒤로하고 두 사람이 카페의 충성 고객이 된 것은 사소한 배려 덕분이었다. 호주 카페에서 커피는 무엇보다 중요하지만 블루 컬러는 커피 퀄리티에 크게 연연하지 않는다. 그들이 카페에서 원하는 것은 몸과 마음을 든든히 채우는 것이다. 둘은 아침부터 시작해 수많은 브레이크 타임을 이용해 밥을 먹고 커피를 마시고 간식을 먹고 또 커피를 마신다. 이들에게 베이컨 & 에그 롤과 같은 깜찍한 아침 식사는 어림도 없다. 그래서 첫 끼니는 슈퍼마켓에서 사 온 것들로 해결한다. 아침 식사에 커피까지 마셔야 하는데 짧은 브레이크 타임에 이 모든 것을 해결할 카페가 필요했던 것이다.

어느 날 토니는 슈퍼마켓에서 사 온 것을 카페 테이블에 앉아 먹어도 되는지 조심스럽게 물었다. 그들이 골라온 음식은 빵 한 봉지와 닭 가슴살과 삶은 달걀 등이 듬뿍 들어간 샐러드 한 통이었다. 나는 괜찮다고 했다. 카페에 오는 손님은 저마다 원하는 것이 있기 마련이다. 손님의 요구를 최선을 다해 최대한 들어주는 것도 사업 수완이다. 하지만 누울 자리를 보고 다리를 뻗는다고 했던가. 클라우스는 첫날 거창한 식사를 무사히 마친 이후로 마음 편히 이용하자는 눈치지만 토니는 그런 클라우스에게 곁눈질을 한다. 괜찮다는 말에도 토니는 매번 "정말 괜찮겠어?" 하고 재차 묻는다.

호주 카페에서 음식물 반입은 괜찮지 않은 일이다. 출입문에 음식물 반입이라고 눈에 띄게 적어 놓지 않아도 누구나 아는 상식이다. 그래서 토니는 매번 괜찮다는 나 때문에 놀랐으리라. 하지만 내가 괜찮지 않다고 했다면 이 두 젠틀한 대량 커피 손님을 매일 카페에서 만나지 못했을 것이다. 이 주변에 더 큰 사이즈에 더 저렴한 커피를 파는 곳은 얼마든지 있기 때문이다.

사람의 심리는 때때로 오묘하다. 하지 말라는 것을 기어이 하는 사람은 좋은 마음도 사라지게 하지만 하지 않는 사람은 좋은 마음이 생겨나게 한다. 일반화하고 싶지 않지만 호주 사람은 법과 질서, 상식을 당연하게 지키며 살아간다. 그 당연함은 한국 사람인 나에게 하나라도 더 쥐어 주고 싶고 한 번쯤 눈감아주고 싶게 한다. 토니와 클라우스가 함께라서 한 사람은 호의를 누리고 다른 이는 그것을 목격한다. 나는 그 호의를 준 것만으로 뿌듯하다.

©ato_season

제발 내 전화번호를 가져요

애니의 하프 스트롱 라테

이민이란 영구적이거나 오랜 기간 살 의도로 국가의 경계를 넘는 것을 뜻한다. 그리고 이민자는 기원국과 거주국 간의 취업, 교육, 생활수준 등의 차이로 인해 보다 좋은 기회를 찾아 자발적으로 이동한다. 미국은 가장 많은 이민자를 받아들인 나라이고 중국은 가장 많은 이민자를 만들어낸 나라다. 중국 이민자는 열악한 본국의 생활환경을 벗어나 좋은 기회를 찾아 이민을 해왔다. 인구가 가장 많은 나라답게 전 세계에 1,800만 명의 중국 이민자가 있다고 한다. 유난히 동포끼리 잘 화합하고 본국과 유기적인 관계를 유지하는 중국 이민자는 화교라고 불리며 중국 밖의 중국을 만들어가고 있다. 바닷물 닿는 곳에 화교가 있다는 말처럼 그들은 많은 나라에 흩어져 살고 있는데 호주 골드코스트도 예외 없이 많은 중국인이 살고 있다.

카페에서 만난 중국인 중 가장 사랑스러운 애니는 중국 광저우에서 태어나 어릴 적 가족과 호주로 이민을 왔다. 대학교까지 호주에서 졸업하고 차이나타운에 위치한 병원의 접수대에서 일하는 그녀는 유창한 영어를 구사하는 전형적인 아시안 오스트레일리안이다.

애니는 스몰 사이즈의 하프 스트롱 라테를 마신다. 그녀는 하루 한 잔의 커피를 마시고 이후로 핫 초콜릿을 마신다. 그 이상의 커피는 불면증을 가져온다고 한다. 그녀가 마시는 커피는 가장 작은 사이즈에 에스프레소 절반의 양으로 만든 커피다. 호주 커피 기준으로 보면 약한 커피다.

호주 카페에서 하프 스트롱이라는 표현보다 더 많이 쓰이는 것이 하프 스트렌트다. 강도를 뜻하는 스트렌트(Strength)는 에스프레소의 강도를 의미하고 하프는 양을 절반으로 줄여달라는 것이다. 또는 약하다는 뜻의 단어 윅(Weak)을 쓰기도 한다. 하지만 헬스로 몸을 다지고 타투로 치장하길 좋아하는 다부진 호주 사람은 윅이라는 단어를 은근히 싫어한다.

여러 잔의 커피를 동시에 만들 때는 설탕이나 우유, 에스프레소의 강도 등이 모두 다르기 때문에 구분하기 위해 뚜껑에 어떤 커피인지 적어 넣는다. 하프 스트렌트 커피의 경우 간단히 쓸 수 있는 'WEAK'이란 단어를 적어 넣는데, 대놓고 싫다고 표현하는 호주 사람을 본 적이 있다. 대부분 비슷한 생각을 가지고 있을 것이다. 왜냐하면 커피를 주문할 때 웍 커피라고 말하는 사람은 극히 드물기 때문이다. 모두 하프 스트렌트 커피라고 주문한다.

애니는 하프 스트렌트 커피를 마시지만 이것은 호주 기준이다. 호주 커피는 다른 나라 커피에 비해 에스프레소 양이 많다. 한국 카페에서 맛볼 수 있는 일반적인 라테가 호주의 하프 스트렌트 라테다. 호주 커피는 레귤러 사이즈에 에스프레소 더블 샷을 기본으로 넣는다. 그녀는 호주에 오래 살아온 중국계 호주 사람이지만 아직 커피는 호주 사람만큼 마시지 못하는 것 같다.

애니가 일하는 병원은 그리 크지 않지만 10명 내외의 직원이 일하고 있다. 병원 직원 두 명은 종종 카페로 커피를 마시러 오고 다른 사람들은 아침에 픽업해가는 커피를 마신다. 애니를 포함해 그들은 돌아가면서 아침마다 커피를 사는데 다들 자기가 좋아하는 카페에서 주문한다고 한다. 커피를 매일 마신다고 했는데 주문은 일주일에 한두 번 정도만 하는 것이 궁금해 물어보았다가 알게 된 것이다.

커피 드링커는 매일 같은 카페에서 커피를 마시지만 애니의 경우라면 서너 명 되는 사람이 매일 다른 카페의 커피를 마시기 때문에 매일 맛이 다른 커피를 마시는 것이다. 호주에서 보기 힘든 경우다. 호주에서 상사가 커피를 한 잔 사다 달라고 부탁하는 경우는 극히 드물지만 그런 경우가 생긴다면 가야 할 카페가 정해져 있다. 가끔 카페 앞에서 다른 카페의 커피 컵을 들고 마주친 손님은 상사가 시킨 것이라며 컵을 흔들어 나를 안심시킨다. 너무나 잘 알고 있다. 그 상사는 무슨 일이 있어도 자신이 가는 카페의 커피를 가져다주어야 한다는 것을. 그리고 그 카페의 바리스타는 그 상사가 늘 마시는 커피를 만들어주어야 한다는 것도.

애니는 출근길에 커피를 주문할 때 내 휴대전화로 연락하는 아주 특별한 손님이다. 우리는 서로에 대해서 아는 것보다 모르는 것이 많지만 그녀의 사랑스러움은 경계심 따위를 제쳐두고 번호를 알려주게 만들었다. 바리스타도 사람인지라 매력이 넘치는 손님을 보면 더 활력이 생기고 호의를 베풀게 된다.

누군가에게 전화번호를 알려준 것이 궁색을 떨 만한 일은 아니다. 나는 건강한 솔로였고 근사한 데이트를 할 준비가 되어 있다. 이런 바람과 다른 방향으로 가더라도 친절하고 사랑스러운 손님과 친구로 지내는 것 또한 근사한 일이니 말이다.

매일 아침 커피를 사 가는 애니는 가끔 오후에 지금 가도 커피를 마실 수 있는지 메시지를 보낼 때가 있다. 카페에 오면 핫 초콜릿을 마시면서 말이다. 그녀는 퇴근하고 저녁 약속이 있는 날이면 이렇게 카페에 들러 약간의 휴식을 취하고 약속 장소로 간다. 오후의 그녀는 무척 지쳐 있다. 병원은 항상 무척 바쁘다고 한다. 모든 의료 비용을 국가가 보조하는 호주에서 병원은 당연히 바쁠 수밖에 없다. 애니는 병원에 아픈 사람이 너무 많아 힘들다고 하지만 그녀의 수고는 호주를 더 좋은 기회와 매력 넘치는 나라로 만들어왔고 앞으로도 그렇게 만들어 갈 것이다.

ⓒato_season

환상의 섬에서 온 남자, 그가 사는 법

존의 아사이 스무디

수많은 사람이 많은 카페 앞을 지나갔고 그중 적지 않은 사람들이 카페 안으로 들어와 커피를 마시고 음식을 먹었다. 그리고 그중에 200명 정도 되는 사람이 단골손님이 됐다. 매일 오는 사람은 매일 오고 일주일에 한 번 오는 사람은 반드시 한 번만 온다. 어쩌다 나타나는 사람을 단골손님이라고 하기는 힘들다. 호주의 단골손님은 무서울 정도로 꾸준하기 때문이다.

호주에서 존이라는 이름은 무척이나 흔해서 '존!'이라고 소리치면 서너 명은 왜? 라는 표정으로 돌아볼 것이다. 카페에 오는 손님 중에도 여러 명의 존이 있다. 신문에 나올 만한 부자로 오십 대지만 무려 스무 살이나 어린 중국 여자와 결혼한 존, 카페 근처 편의점에서 일하는 중국인 존, 카페에서 저녁에 커피를 만드는 멜라니 때문에 불필요한 카페인을 마시러 오는 바리스타 존, 앤드류와 같은 사무실에서 일하는 엑스트라 샷 플랫화이트를 마시는 존, 그리고 정중한 회계사 존이 있다.

회계사인 존은 카페가 오픈했을 때부터 꾸준히, 틈틈이라는 표현이 어울릴 만큼 자주 카페를 찾아왔다. 어느 날은 아침에 문을 열자마자 와서 브레키를 먹고, 어떤 날은 점심을 먹으러 오고, 오후 늦게 커피를 마시러 오기도 했다. 카페를 오픈하고 여러모로 부족한 점이 많아 음식을 심하게 기다리게 한 적도 있었지만 단 한 번 불평이나 불만의 기색을 보인 적이 없었다. 어쩌다 그가 회계사라는 것을 알고 회계 업무를 부탁하게 됐는데, 추호의 망설임도 들지 않았을 만큼 최고의 손님 중 한 명이다.

존의 이름을 알기 전까지 그가 싱가포르나 홍콩에서 온 아시아계 이민자라고 생각했다. 그는 한국인 아내가 있고, 많은 아시안 직원과 일하고 있는 데다 외모 또한 아시안처럼 보였기 때문이다. 하지만 그는 아프리카 모리셔스 출신이다. 몰디브에서 서쪽 아프리카로 가다 보면 세이셸이라는 또 다른 보석 같은 휴양지가 있다. 세이셸 아래쪽에는 마다가스카르라는 커다란 섬나라가 있고 바로 오른쪽에 모리셔스가 있다. 그는 그곳에서 태어나 호주로 왔다.

소설가 마크 트웨인이 '신이 모리셔스를 창조하고 난 뒤 천국을 만들었다'라고 말했을 만큼 환상적인 섬, 존은 매년 그곳으로 가족을 만나러 간다. 호주 퍼스에서 모리셔스까지 직항 비행편이 있어 70만 원 정도에 왕복 항공권을 살 수 있다고 했다. 최근 한국에서도 모리셔스 직항이 생길 예정이라는 기사를 본 적이 있는데 몇 년 뒤에 필리핀의 보석이라 불리는 보라카이처럼 청소를 한다고 섬 문을 걸어 잠그는 일이 생길까 걱정이다.

존은 카페에 오면 다양한 음식을 먹고 다양한 커피를 마시는데 그중 좋아하는 메뉴가 있다면 카페인, 소이 밀크, 헤이즐넛 시럽 정도일 것이다. 소이 피콜로를 마시다가 어떤 날은 소이 라테를 마신다. 그러다가 롱 블랙 커피를 마시고 종종 커피에 헤이즐넛 시럽을 넣어달라고 한다. 이런 것들을 꾸준히, 그리고 틈틈이 즐기는 그가 좋아하는 것이 하나 더 있다면 아사이(Acai)일 것이다.

아사이는 아카이라고 부르기도 하는데 '아마존의 보랏빛 진주'라고 알려져 있다. 검정에 가까운 진한 자주색에 탄탄한 과육이 딱딱한 씨를 감싸고 있는 과일로 블루베리를 연상시킨다. 아사이는 원기를 충전시켜주는 식품으로도 유명한데, 건강이라는 아이디어에 꽂힌 호주 사람에게 아보카도, 비트루트 등과 함께 격한 사랑을 받고 있다.

아사이는 보관 문제 때문에 생과일보다 걸쭉한 퓌레로 만들어 유통된다. 브라질에서 퓌레로 만들고 냉동한 팩을 호주까지 수입해 오는데 이것을 갈아서 스무디로 만든다. 아사이 열매의 신맛과 초콜릿에 견줄 만한 깊고 씁쓸한 맛은 설탕이나 꿀, 애플 주스, 코코넛 워터 등으로 맛의 균형을 맞추는데 대단히 신비로운 맛이다.

아사이 스무디를 만들 때 냉동된 아사이 퓌레의 질감을 부드럽게 하고 맛의 균형을 맞추기 위해 코코넛 워터나 애플 주스를 적당히 섞고 바나나를 한 개를 넣어서 갈아준다. 아사이 스무디를 셔벗에 가깝게 블렌딩해서 볼에 담고 그래놀라, 아몬드 같은 견과류, 딸기나 키위 같은 상큼한 맛의 과일을 올리면 아사이 볼이 된다. 호주 사람에게 아사이 볼은 음료라기보다는 식사에 가깝다. 아사이 스무디가 7천 원 정도라면 아사이 볼은 두 배의 가격인데 한국의 팥빙수처럼 인기 넘치는 메뉴다. 팥빙수는 숟가락을 들고 함께 먹지만 아사이 볼을 공유했다가는 다음 날 일간지에 실릴지도 모른다. 존은 커피를 마시러 오지만 아사이 스무디를 함께 주문한다. 이로써 카페인을 충전하고 입맛도 즐긴다. 거기에 허기를 달래며 건강까지도 챙기는 것이다.

대부분의 사람은 눈치를 보고 거짓말을 할 수 있으며, 허세와 가식을 부릴 수 있지만 이런 것들로부터 최선을 다해 달아나는 삶을 사는 사람이 있는데 존이 대표적이다. 카페 주변에는 많은 사무실이 있고 그중에 회계사 사무실 또한 많다. 망설임 없이 그에게 회계 업무를 요청하게 된 것은 그가 가진 이런 진면목 때문이리라. 회계 업무는 여력이 된다면 누구나 할 수 있다. 호주의 회계 처리 인프라는 잘 되어 있고 개인을 위한 회계 프로그램도 있다. 그는 다른 회계사와 달리 자신을 소개하며 명함을 내민 적도 없으며 카페의 모든 것을 꾸준히, 그리고 틈틈이 진심을 다해 즐기다 가는 사람이다. 그 진심을 알고도 그에게 도움이 되는 것을 주지 않는 카페 사장은 감정이 메마른 것이나 다름없다.

호주에서 회계사를 정하면 수임료는 얼마로 할 것인지 통상적으로 약정서(Engage Letter)를 이메일로 주고받는다. 대부분 미팅을 통해 수임료를 얼마로 할 것인지 합의하는데, 존과는 그런 과정을 거치지 않았고 약정서에 서명을 해서 보냈을 뿐이다. 수임료의 액수가 크든 작든 중요하지 않았기 때문이다. 그가 카페에서 가격에 개의치 않고 고마운 마음으로 커피와 아사이 스무디를 즐기는 것처럼 나 또한 고마운 마음으로 그에게 회계 업무를 부탁하는 것이 중요한 것이다. 내가 합리적인 가격으로 커피를 파는 것처럼 그도 합리적인 가격으로 회계를 처리해줄 테니 말이다.

©ato_season

너의 행복이 곧 골드코스트의 행복이야
이합의 피콜로

초능력을 가진 돌연변이 인간들의 이야기를 다룬 '엑스맨'이라는 영화가 있다. 영화는 크게 성공했고 덕분에 계속해서 시리즈를 만들고 있는데, 시리즈만으로 부족했는지 영화의 등장인물 중 울버린으로 불리는 로건을 주인공으로 또 다른 영화를 만들기도 했다. 늑대인간을 연상시키는 울버린은 메인 스토리를 뛰어넘을 만한 이야기를 가졌다고 할 수 있는데 카페에서 그런 손님이 있다면 바로 이합이다. 울버린과 이합의 차이점이 있다면 장르가 코미디라는 것이다.

카페 맞은편에 있는 부동산 중개업소 사장이자 같은 동네에서 그리스 레스토랑을 운영하는 이합은 카페를 오픈할 때 부동산 계약을 중개한 비즈니스맨이자 지금까지 누구보다 많은 커피를 주문한 큰 손을 가진 손님이다. 게다가 종종 저녁 식사를 같이 하고 집에서 와인을 즐기기도 할 만큼 가까운 친구다.

이합은 180센티미터가 넘는 큰 키에 날렵한 몸을 가진 것도 부족해 슬림한 셔츠, 스키니한 바지에 뾰족한 구두를 신는 것으로 옷맵시를 뽐내는데, 시속 1미터로 부는 미풍에도 스카프를 두르고 다닐 만큼 패셔니스타이다. 먹구름이 잔뜩 끼더라도 보잉 선글라스를 쓰고 있는 그는 하루에 최대 다섯 번까지 옷을 갈아입는다. 옷뿐만 아니라 수시로 헤어숍에 들러 1센티미터도 못 자란 머리카락을 손질받는데 마치 매일 아침저녁으로 잔디 깎기 기계를 가동하는 정원을 연상시킨다.

이집트에서 태어난 이합은 성인이 되자마자 벨기에로 가서 식당 주방에서 설거지 보조로 시작해 레스토랑 사장까지 되었다. 그리고 호주로 건너와 생추어리 코브의 유명한 그리스 식당 사장과의 만남을 계기로 그리스 레스토랑을 시작하게 되었고, 어디를 가든 많은 사람을 친구로 만드는 재주를 가진 덕분에 부동산 중개업소를 차리게 되었다. 그는 가끔 자신의 과거를 이야기할 때가 있는데 늘 힘주어 고난과 역경의 시간이었다고 강조하지만 웃음이 만연한 얼굴은 그것이 사실인지는 듣는 사람의 판단에 맡기겠다는 식이다.

이합은 오전 10시 전에 부동산 사무실에 출근해서 점심시간 전에 잠깐 레스토랑에 다녀오고 오후 5시에 퇴근해서 옷을 갈아입은 후 레스토랑으로 출근한다. 부동산 사무실에 있는 동안 틈나는 대로 커피를 주문해서 마시는데 대부분 한두 모금 마시고 싱크대나 책상 위에 그대로 둔다. 누군가 치워주지 않는다면 몇 평 안 되는 사무실을 커피 컵으로 빽빽이 채울 것이다. 카페인 과다 복용과는 거리가 먼 사람이니 수많은 커피를 만들어다 주어도 걱정이 되지 않는다.

이합은 로우 슈거 한 스푼을 넣은 피콜로를 마신다. 조금 마시다 잔을 내려놓는 탓에 큰 사이즈의 커피를 마실 필요가 없다. 작은 잔에 에스프레소와 소량의 우유를 넣어 만드는 피콜로는 그에게는 안성맞춤이다. 바짝 마른 체형에 초콜릿 컬러(본인의 의견이다) 피부색을 한 그가 아담한 피콜로 잔을 들고 홀짝이는 모습은 흡사 피콜로를 고안해 낸 사람이라고 해도 고개를 끄덕이게 한다. 그는 커피를 마실 때마다 맛이나 우유의 온도가 어떻든 '뷰티풀 커피'라고 수도 없이 말해준다. 그에게 '언뷰티풀 커피'란 적어도 지구상에는 존재하지 않는다. 그가 가장 좋아하는 커피는 좋은 분위기에 좋은 사람과 마시는 커피다.

이합은 비우지도 않을 커피를 수도 없이 주문하는데, 이것은 두 가지 이유 때문이다. 하나는 자신이 중개해서 오픈한 카페의 매출을 올려주겠다는 비즈니스적인 신념이고 다른 하나는 커피를 핑계로 시시콜콜한 이야기라도 하면서 남아도는 시간은 때우려는 개인적인 욕구다. 이것만 봐도 그가 인생에서 소중하게 생각하는 것들을 알 수 있는데, 첫 번째는 커피가 아니라 행복, 두 번째는 돈이 아니라 신용, 세 번째는 옷이 아니라 평판이다.

이합을 처음 만난 건 카페 임대 계약을 할 때인데 그때나 지금이나 늘 행복하다. 지독하게 가난한 나라로 알려진 필리핀 사람의 행복지수가 의외로 높아 놀라웠던 적이 있다. 가진 것이 적어 오히려 행복할 수 있다고 하는데 그는 풍요로움 속에 행복한 사람이다. 처음에는 카페를 찾아와 커피를 마시던 그는 어느새 사무실에 앉아서 가져다주는 커피에 익숙해졌다. 그래서 나는 소소한 흥이라도 주고 싶어 뜬금없이 시키지도 않은 커피를 가져다 줄 때도 있다. 그럴 때마다 그는 가뭄에 비를 본 사람처럼 환희가 넘친다. 최근에 홀서빙을 하면서 커피를 배우고 있는 주은이는 그에게 커피를 가져다 줄 때마다 행복지수를 체크하는데 10점 최고점에 8점 아래로 떨어진 적이 없다.

이합은 그리스 레스토랑을 팔고 부동산 중개업에 집중했다가 팔았던 레스토랑을 다시 사서 운영하고 있다. 늘 행복한 그는 레스토랑에서 손님에게 평범한 그리스 음식과 웃음을 파는 것이 좋다고 한다. 그래서 부동산 중개업을 정리하고 레스토랑 사업에 집중하고 싶어 한다. 나라를 옮겨 다니면서 다양한 일을 경험해본 그가 충동적으로 이런 결정을 할 리는 없다. 호주의 부동산 가격이 내리막길로 들어서기 시작했기 때문이다.

이합도 사람인지라 아주 간혹 안 좋은 일을 겪어 인상을 찌푸

릴 때가 있다. 만약 그 침울함이 이틀 연속 이어진다면 뭔가 잘못된 것이다. 한번은 사무실에서 이틀 연속 침울한 표정을 짓고 있는 그에게 문자를 보냈다. '이합, 너의 행복이 곧 골드코스트의 행복이야(Ihab, your happiness is the happiness of Gold Coast).' 그는 문자를 확인하더니 카페를 바라보고는 무수히 많은 손 키스를 날렸다. 그는 단박에 행복해졌다. 그리고 나도, 골드코스트도 더 행복해지고 말았다.

두바이에서 골드코스트 롤을 팔아볼까?

자예드의 골드코스트 롤

2001년에 상영한 영화 '세렌디피티(Serendipity)'는 뉴욕을 배경으로 펼쳐지는 로맨스 영화로 세렌디피티라는 단어는 '뜻밖의 발견, 운 좋게 발견한 것'을 뜻한다. 영국 작가 호러스 월폴이 1754년에 쓴 우화를 근거하여 만든 일종의 신조어이다. 카페를 운영하며 여러 가지 발견을 했는데 그중 뜻밖의 발견 한 가지를 꼽자면 아부다비에서 온 자예드와 그가 사랑하는 골드코스트 롤이다.

©Joel Park

중동에 뿌리를 둔 무슬림 중 많은 사람이 더 나은 기회를 찾아 영국과 미국으로 떠났고, 호주에도 많은 무슬림이 있다. 그중에는 석유로 쌓아 올린 부를 소비하기 위해 관광이나 유학을 온 사람도 있다. 무슬림 유학생이 인종, 종교 외에 특별히 더 다른 것이 있다면 바로 부유하다는 것이다. 세계 최고 부자로 유명한 만수르의 나라 아랍에미리트에서 온 자예드는 모든 유학비와 생활비를 국가로부터 지원받는다. 그가 받는 생활비만 매달 4백만 원이 넘는다고 한다. 하루 8시간씩 주 6일을 일하면 한 달 월급과 맞먹는 액수이니 어마어마한 혜택이다. 모든 무슬림이 이런 혜택을 누리는 건 아니다. 영어가 서툴러 식당에서 설거지를 하며 살아가는 무슬림도 많다.

카페 손님 대부분은 오전에 볼일을 모두 마친다. 오후에도 몇 안 되는 손님이 커피나 점심을 해결하러 오는데 그런 손님을 볼 때면 뒤늦게 급식소를 향해 헐레벌떡 뛰어오는 학생을 연상하게 된다. 어느 날 오후 자예드는 헐레벌떡하지 않고 태연히 카페로 들어 왔다.

자예드는 처음에 이리저리 메뉴판을 살피더니 첫 줄에 있는 골드코스트 롤을 주문했다. 이 음식은 롤이라고 부르는 햄버거 빵에 버터를 발라 굽고 매콤한 멕시코 치폴레 소스 위로 서양 부추인 차이브를 넣어 풍미를 살린 스크램블 에그를 얹는다. 거기에 체다치즈 한 장을 얹고 캐러멜라이즈 어니언을 올린 것인데 이렇게 하면 베이컨 & 에그 롤과 함께 콤비를 이루는 브레키 메뉴가 된다.

베이컨 & 에그 롤은 고기를 싫어하는 사람에게 치명적일 수 있는데 스크램블 에그로 만든 롤은 고기 없이 채소, 치즈와 달걀만으로 훌륭한 대안이 된다. 술, 돼지고기를 엄격하게 금지하는 무슬림에게 베이컨 & 에그 롤은 금지된 메뉴다. 대부분 음식에 베이컨이 들어가 오전 내내 베이컨 굽는 냄새를 풍기는 카페는 무슬림에게 대단히 껄끄러운 공간이다.

자예드는 한동안 오후마다 들러 플랫화이트와 함께 골드코스트 롤을 먹더니 그 후 무슬림 친구를 데리고 왔다. 둘은 한동안 플랫화이트와 함께 골드코스트 롤을 먹었다. 며칠이 더 지나고 오비드라는 무슬림 친구가 합류했다. 그리고 며칠 더 지나서 무슬림 친구 두 명이 합류했다. 총 다섯 명의 무슬림이 오후가 되면 삼삼오오 모여서 골드코스트 롤을 먹는 것이다. 한번은 카페 맞은편 부동산 중개사무실 사장인 이합에게 저 달걀빵을 먹고 있는 무슬림 청년들이 어느 나라 사람 같아 보이는지 물었다. 이집트에서 온 무슬림이라면 알아낼 것이라 생각했다. 이합은 코를 킁킁대며 냄새를 맡더니 사우디아라비아 출신이라고 했다.

카페 근처에 이집트 출신 여성이 운영하는 카페가 하나 있는데 대부분의 무슬림은 그녀의 카페로 간다. 마치 자석에 이끌리듯이 무슬림은 무슬림 가게로 가는 것이다. 덕분에 카페에 무슬림 손님은 거의 없는 편인데 자예드가 골드코스트 롤을 발견한 이후로 변화의 바람이 불었다.

ⓒJoel Park

자예드가 태어난 중동은 환경 때문에 먹는 것들이 대단히 제한적이다. 사막에서 유목을 했던 그들이 주로 먹는 것은 양이나 염소고기이고, 그 젖으로 만든 우유와 치즈다. 빵과 쌀을 먹기도 하지만 난이라고 부르는 얇게 펴서 구워낸 빵을 대부분 음식에 곁들여 먹는다. 거기에 부담스러울 정도로 요리마다 향신료를 넣는데, 예로부터 아시아와 유럽 길목에 위치해 무역으로 오가는 향신료를 쉽게 구할 수 있었기 때문이다.

나에게는 중동의 봄을 연상시키는 골드코스트 롤을 메뉴판에서 빼야만 하는 이유가 있었다. 조리 과정이 까다로워 바쁠 때 주문이 들어오면 주방에 혼란을 불러일으키기 때문이었다. 그런데 더 큰 문제는 자예드와 친구들이 바뀐 메뉴판을 거들떠볼 생각도 하지 않고 올 때마다 골드코스트 롤을 주문해 먹는다는 것이다.

어느 날 오후 그가 혼자 골드코스트 롤을 먹으러 왔을 때 이름은 무엇이고, 어디에서 왔는지, 처음으로 필요 이상의 질문을 하게 되었다. 그리고 무엇을 위해 이 자리에 있는지 알지만 다른 메뉴들을 추천하고 싶다고 했다. 그는 밝게 웃더니 기꺼이 추천을 수락했다. 무슬림 청년 대부분은 굵고 진한 수염을 달고 다녀서 나이가 들어 보이지만 그는 스물세 살이다. 무슬림 식탁에 주로 올라가는 식재료를 알면 어떤 메뉴를 추천하면 좋을지 쉽게 알 수 있다. 그에게 처음 추천한 메뉴는 카페에서 개발한 비장의 메뉴인 해시베니였다.

미국의 대적인 샌드위치 중 하나인 에그베네딕트를 호주에서는 에그베니라고 줄여서 부른다. 에그베네딕트는 잉글리시 머핀 위로 햄이나 베이컨 같은 고기, 서양식 수란인 포치드 에그를 올리고 홀랜다이즈 소스를 입힌 요리다. 호주에서는 잉글리시 머핀 대신에 사워 도우를 사용한다. 빵은 서양인의 주식이지만 쉽게 비만이 찾아오는 그들에게 애증의 대상이다. 그래서 탄수화물 다이어트를 하는 사람은 빵보다 감자를 선호한다. 카페에서 감자를 해시브라운으로 만들어 접시에 올린다. 해시베니는 바로 빵을 해시브라운으로 대체한 메뉴다. 그리고 레몬의 신맛 때문에 호불호가 있는 홀랜다이즈 소스 대신에 누구나 좋아하는 크림소스 베이스에 양파, 마늘 가루를 넣어 매콤 담백한 맛을 내고 파머산 치즈를 넣어 꾸덕한 질감의 소스로 만들었다. 손님이 물으면 서로의 시간을 아끼고자 '코리안 스타일 홀랜다이즈 소스'라고 말한다. 대부분의 호주 사람은 유제품에 예민하게 굴기 때문에 크림소스라고 말해버렸다가는 소스 없이 달라고 주문할 수 있다. 그리고 감자, 베이컨, 달걀을 매콤 담백한 소스 없이 먹었다가 다시는 카페를 찾지 않을 수 있다.

호주 카페에서 에그베니는 베이컨 또는 스모크 살몬을 선택해서 먹는데 무슬림인 자예드에게 스모크 살몬만이 유일한 옵션이다. 그는 빨아들였다는 표현이 적절할 정도로 삽시간에 음식을 해치웠다. 크림소스가 있었다는 흔적만 남은 접시를 잠시 멍하니 바라보더니 고개를 들어 나를 바라보았다. 사막에서 오아시스를 발견한 사람 같았다.

©Joel Park

해시베니를 시작으로 자예드는 프렌치토스트 등 달걀이 들어가는 메뉴들을 모두 주문해서 먹어보았다. 그가 정한 궁극의 메뉴는 골드코스트와 해시베니인데, 선뜻 비교하기가 쉽지 않다고 했다. 골드코스트가 '나른한 오후'의 챔피언이라면 해시베니는 '쾌청한 오전'의 챔피언 정도로 생각하는 듯했다. 그는 친구들에게 해시베니 예찬을 늘어놓았을 테지만 그들은 여전히 골드코스트 롤에 머무르고 있다.

해시베니를 발견한 후로 자예드와 종종 이야기를 나누는데, 주로 두바이에 대한 이야기였다. 세상에서 가장 높은 건물인 버즈칼리파와 인공 섬들 위로 건설한 빌리지, 8성급 호텔이 즐비한 두바이는 황량한 사막 위에 세워진 초현대 도시로 오일머니를 상징하는 곳이다. 골드코스트 롤에 푹 빠진 무슬림을 보면서 두바이에서 이걸 판다면 어떨까, 하고 생각했다. "강하면서 맛있는 커피와 건강한 브런치를 파는 호주식 카페를 두바이에 차리면 어떨 것 같아?" 하고 자예드에게 물었을 때, 그는 눈을 번쩍였다. 연말이면 아부다비의 가족에게 가는 길에 서로 궁금한 것들을 알아보기로 했다.

자예드는 두 달 만에야 호주로 돌아왔는데, 나름의 결론을 내어보자면 이렇다. 아랍에미리트에 수도 아부다비와 두바이, 이 두 도시가 유력한데 관광객들이 많은 두바이보다는 현지인이 주를 이루는 아부다비가 더 이상적이다. 두 도시 모두 이미 많은 카페가 존재하지만 디저트 카페가 대부분이고 호주 카페처럼 아침 일찍부터 식사와 커피를 즐길 수 있는 카페는 충분치 않으며 있더라도 형편없는 수준이다. 임대료, 인건비, 원자재 등 지출 비용은 호주보다 더 작고 오전에 대부분 매출을 올리는 호주와 달리 밤늦게까지 손님이 있어 매출은 더 클 것이다. 아랍에미리트는 현지인과 함께하지 않고는 사업을 하기 어렵지만 부가가치세가 5퍼센트밖에 되지 않고 임대계약에 보증금이 없는 데다 값싼 노동력 덕분에 사업을 하기에 좋은 곳이다.

자예드는 엄마가 세 명이고 형제자매는 스물두 명에 이른다. 일부다처제가 허용되는 아랍에미리트에서 아내와 자식의 숫자는 부의 척도가 된다. 여자는 돈을 벌지 못하기 때문에 가장이 경제적 부담을 모두 감당해야 한다. 그는 자신의 집안이 절대 부자는 아니라고 했다. 에너지 회사를 운영하는 사촌 집이 부자인데 회사가 있는 빌딩을 소유하고 있어서 1층에 카페를 차리겠다고 하면 좋은 조건으로 허락할 것 같다고 했다.

한동안 자예드 덕분에 설레는 상상을 할 수 있었다. 엄청나게 높고 넓게 뻗어가는 초현대 도시 두바이의 화려한 집에 흰색 히잡을 입은 사람들이 살고 있다. 그들은 아침 늦게 일어나 화려한 차를 몰고 카페로 가서 강하면서 맛있는 플랫화이트에 스크램블 에그, 치즈와 캐러멜라이즈 어니언이 어우러진 골드코스트 롤을 먹는다. 커피 한 잔에 9천 원이고 버거 하나에 2만 원이지만 아랑곳하지 않고 아메리칸익스프레스 플래티넘 카드를 내민다. 그 광경을 상상해보는 것이란 정말 '뜻밖의 발견'이었다.

©Joel Park

다시는 외도하지 말아줘요

올리의 버터 밀크 프라이 치킨버거

'비정상회담'이라는 방송 프로그램이 있었다. 다양한 나라에서 온 외국인이 다양한 주제를 가지고 한국말로 쏟아낸다. 외국인이 유창하게 한국말을 구사하는 것부터 흥미롭지만 그들이 많은 지식과 넓은 식견을 갖추고 있는 사람들이라는 것에 더욱 관심을 갖게 했다. 카페 손님 중 이 자리에 갈 사람을 추천하자면 망설임 없이 올리다.

"안녕하세요, 형님"이라고 인사하며 카페에 들어서는 올리는 충분히 한국어를 마스터할 가능성을 가지고 있다. 그는 대학교에서 물리학을 공부했지만 일본어 스터디 그룹에서 일본인 변호사를 만나 법률 공부를 하게 됐고 지금은 그 변호사 사무실에서 일하고 있다. 사장이 일본인인 사무실에 한국, 중국, 일본 사람 들이 섞여 있다. 게다가 중국인 여자 친구를 사귀고 있어 한국어, 중국어, 일어 세 개 국어를 꽤 구사하는 편이다. 그중 한국말이 가장 뒤처진다고 할 수 있지만 그것은 아직 도전하지 않았기 때문이다.

만나면 서로의 안부를 묻는 것이 일반적인 인사다. 올리와도 지극히 일반적인 인사를 하는데, 하루는 골드코스트가 작은 동네라는 걸 실감했다. 주말에 축구를 한 이야기를 나누다 보니 내가 다니는 한인교회 목사님 아들과 올리가 같은 고등학교에 다닌다는 것을 알게 됐다. 후로 목사님 아들로부터 학창시절 올리에 대해 들었는데 유난히 아시안 친구들과 잘 어울렸다고 했다.

현재 올리는 아시안 사람이 있는 사무실에서 일하고 아시안 여자 친구를 사귀고 아시안이 운영하는 카페에서 커피를 마신다. 이제 스물세 살밖에 되지 않은 그는 플랫화이트를 마시는데 날씨가 조금이라도 더워지면 아이스 라테를 찾는다. 플랫화이트를 마시는 이유에 대해서 물었을 때 '마이크로 폼'이 좋다고 깔끔한 답변을 할 만큼 유식하다. 매일 아침마다 카페에 들르던 그가 2주일이나 오지 않은 적이 있었는데 맞은편에 새로 오픈한 카페의 컵을 들고 가는 걸 보았다. 매일 찾아오는 손님을 놓쳐버린다는 것은 씁쓸함을 준다.

올리는 다시 카페를 찾아오기 시작했다. 전보다 더 밝게 인사를 건넸는데 아마도 미안한 마음이 들어서였을 것이다. 그는 아시안 친구들과 잘 어울리는 만큼 아시안 정서를 잘 이해하고 있는 것이다. 맞은편 카페는 규모가 커서 그가 가진 '그 다움'을 온전히 펼치지 못했을 것이다. 카페가 규모가 커지면 직원도 바리스타도 두 명 이상이 된다. 이런 점은 손님과 친밀함을 쌓는 데 약간의 걸림돌로 작용한다. 호주의 커피 드링커는 자신만의 카페를 찾을 때 가게의 규모보다 친밀함을 쌓을 수 있는 여지가 있는지를 살핀다는 것이다.

비 온 뒤에 땅이 더 굳는다고 잠깐의 외도를 끝내고 돌아온 올리와는 더 단단하게 친밀감을 쌓아가고 있다. 이제는 서로 연락처까지 주고받고 파티에 초대하기도 한다. 그는 사무실에 출근하는 날이면 하루에 두 잔 이상 커피를 마시고 여자 친구를 데려와 커피를 사 주기도 한다. 그리고 나서야 카페에서 음식을 먹기 시작한다.

외도를 마치고 돌아온 올리는 처음으로 비프 & 치즈버거를 먹었다. 방랑 끝에 집에 돌아와 먹는 밥이라 각별해서인지 믿기지 않을 정도로 맛있다고 했다. 카페에서 파는 비프 & 치즈버거는 호주에서 클래식 비프버거라고 부르는 메뉴와 비슷하다. 호주 전통 메뉴라 할 만하니 클래식이란 단어까지 붙인 버거는 육즙을 품고 그릴 위에서 구워진 소고기 패티에 체다치즈, 캐러멜라이즈 양파, 레터스, 토마토, 피클 등을 올려 만든다. 소스는 토마토 렐리시와 아이올리를 사용하는 것이 일반적인데 프랑스어로 마늘(Ail)과 기름(Oli)의 합성어인 아이올리는 프랑스식 마요네즈로 마늘과 레몬즙 등을 넣어 일반 마요네즈보다 더 풍미가 좋다. 호주 사람의 아이올리 사랑은 대단해서 버거와 함께 감자칩을 먹을 때 케첩이나 아이올리 소스를 달라고 할 정도다.

올리는 베이컨 & 치즈 롤이나 해시 베니 등 다양한 메뉴를 먹었다. 하지만 손에 꼽는 메뉴는 버터밀크 프라이 치킨 버거다. 버터밀크는 고기를 숙성시킬 때 사용하는데 부드럽고 고소한 고기로 만들어준다. 프라이 치킨 버거에 들어가는 치킨은 가슴살이 아니라 다리살인 치킨 타이를 사용하는 것이 좋은데 가슴살과 다르게 퍽퍽하지 않고 쫄깃쫄깃한 식감을 가지고 있다. 버터밀크에 치킨을 5분 정도만 담가 놓아도 충분한데 여기에 후추, 소금, 파프리카, 마늘가루 등을 넣은 빵가루를 입혀서 180도의 기름에 튀기면 된다. 이미 치킨만으로도 충분히 맛있어서 레터스, 토마토, 피클을 올리고 태국 고추가 주원료인 스리라차 소스와 마요네즈를 섞어 만든 스리라차 마요 소스를 곁들이면 완성이다.

몇 가지 업그레이드를 했는데 첫 번째가 튀김가루이고 두 번째는 소스다. 빵가루에 파슬리, 오레가노 등의 향신료를 넣어 케이준 스타일과 비슷한 매운맛을 내고 스리라차 마요네즈 대신에 할라피뇨와 치폴레를 마요네즈와 섞어 더 좋은 식감의 소스를 만들었다. 케이준 스파이스는 고유 명사로 자리 잡을 만큼 널리 알려졌는데 버터밀크 프라이 치킨이 바로 케이준 치킨에 가까운 맛을 낸다. 여기에 튀김가루를 입혀서 튀기면 크럼블 치킨이 된다. 그리고 탄수화물에 예민한 사람들을 위해 치킨을 어떻게 요리하는지 메뉴에 언급해야 한다.

식사 시간이 되면 올리는 늘 아시안 동료들과 밥을 먹으러 가는데 주로 아시안 식당으로 간다. 그리고 간혹 혼자 점심을 해결해야 할 때면 카페로 온다. 백인의 탈을 쓴 아시안이 호주 음식을 즐기는 것처럼 보인다. 다른 인종의 사람들이 같이 살다 보면 좋지만은 않은 뜻밖의 일들이 생길 수 있다. 올리는 똑똑할 뿐 아니라 누구보다 따뜻한 사람이다. 그처럼 사람은 모두 다르다는 것을 인정하고 즐기며 사는 것이 세상을 따뜻하게 만드는 일일 것이다.

ⓒJoel Park

©ato_season

ⓒJoel Park

땅끝까지 차이 라테를 전파하라

모모의 소이 차이 라테

한눈에도 이십 대 후반의 일본 여자로 보이는 모모는 일본 사람다운 옷차림에 어울리지 않게 퀵 보드를 타고 다닌다. 호주에는 자전거와 보드를 타는 사람이 많다. 지나칠 정도로 사람이 우선인 환경에서 마음껏 자전거나 보드를 탈 수 있기 때문이다. 거기에 간소한 복장으로 돌아다닐 수 있는 따뜻한 날씨도 한몫한다.

모모는 태평양 전쟁 당시 미국이 원자폭탄을 투하했던 일본 히로시마에서 태어났다. 원자폭탄으로 도시 전체가 초토화됐고 20만여 명의 희생자를 냈지만 그녀의 조부모님은 다행히 살아남아 도시를 떠나지 못한 채 고통 속에서 도시를 재건하고 모모의 부모님을 낳아서 키웠다고 한다.

비극을 경험한 역사를 품은 도시에 세계 많은 사람이 방문해왔고 덕분에 영어 수요가 커서 그 어느 도시보다 영어 교육열이 높았다고 한다. 모모는 그런 환경에서 일찍이 영어를 배우고 사립 영어 학원에서 8년 동안 선생님으로 일했다. 덕분에 그녀는 유창한 영어를 구사한다. 그녀는 서른 살이 되기 전에 어딘가 비어 있는 곳을 채우는 심정으로 워킹홀리데이에 도전했다고 한다.

워킹홀리데이 비자를 신청할 수 있는 나라는 제한적이다. 한국, 일본, 서유럽 선진국 출신의 20대 젊은이만 신청할 수 있는데 비자 기간 동안 부족한 일손을 메우고 광활한 호주를 여행하며 번 돈을 소비하고 돌아갈 사람에게 주는 것이다. 남미, 동남아시아, 중동, 아프리카의 열악한 환경에서 온 더 적은 대가로 더 많이 일할 수 있는 사람에게는 비자를 발급해주지 않는다. 그들이 호주에서 일하며 살다 보면 불법 체류를 감행해서라도 버티고 살아가기 때문이다.

비자 법은 매년 조금씩 바뀌는데 현재 호주 워킹홀리데이 비자는 3년까지 연장해서 사용할 수 있다. 그만큼 호주는 일손이 부족하다. 비자는 30세 전에 신청할 수 있고 한 사업장에서 6개월 이상 일할 수 없다. 비자는 1년 단위로 연장할 수 있는데 농장, 공장, 인구 저밀도 지역 등 지정된 곳에서 3개월 이상 일해야 비자 연장을 할 수 있다. 워킹홀리데이 비자 소득세를 받지 않던 호주는 최근

15퍼센트를 소득세로 징수하기 시작했다. 일해 달라고 불러 놓고 예의에 어긋난 건 아닌가 싶다.

8년 동안 한 직장을 다니다 낯선 곳에 온 모모는 일이나 공부보다 쉬는 것에 취해 있다. 길을 가다 카페를 발견하면 들어가 소이 차이 라테를 마시는 것이 취미가 됐다는데, 그렇게 우연찮게 그녀는 내가 만든 소이 차이 라테를 마시게 됐다. 그 맛에 단박에 꽂혀 열렬한 차이 라테 신자가 됐다. 차이 라테는 스타벅스 덕분에 누구나 알 만한 음료가 됐는데 호주에서 커피를 대신할 음료로 사랑받는다. 호주 카페에서 커피가 주 메뉴라면 보조 메뉴는 핫 초콜릿, 차이 라테, 튜머릭 라테 등이 있다. 튜머릭은 카레를 만들 때 들어가는 강황으로 갖가지 향신료를 블렌딩해서 깊고 풍부한 향신료 맛을 낸다. 강한 향신료 맛 때문에 호불호가 갈리는 튜머릭 라테와 다르게 차이 라테는 누구나 좋아할 만한 음료다.

차이 라테는 차이 분말을 따뜻한 물에 녹이고 라테에 넣는 스팀 밀크를 푸어링한 뒤 시나몬 파우더를 살짝 뿌려주면 된다. 커피와 비교하면 대단히 만들기 편한 음료다. 하지만 분말을 사용할 때 물에 어떻게 녹이냐에 따라 질감이 달라지기 때문에 만들기가 까다롭다. 거기에 녹이는 데도 시간이 소요된다. 그래서 차이 시럽을 사용하는 카페도 있다. 일부 손님의 경우 차이 라테를 주문하기 전에 파우더인지 시럽인지 묻는데, 시럽이면 주문하지 않으려고 묻는 경우가 대부분으로 좋은 차이 시럽이 없던 시절에 만들어진 편견 때문이다. 시럽이 파우더보다 좋은 이유는 액체라 잘 섞여서 질감이 부드럽고 맛이 풍부하기 때문이다. 거기에 만드는 시간도 획기적으로 줄어드는 데다 무엇보다 일관되게 만들 수 있다.

모모처럼 차이 라테를 아몬드 밀크나 소이 밀크 같은 플레이버 밀크로 주문하는 사람이 많다. 플레이버 밀크는 커피와 결합할 때 다 뽐내지 못했던 매력을 차이 라테를 만나 모조리 뿜어낸다. 우유를 바꾸면 500원 정도의 추가 비용이 붙지만 더 맛있고 몸에 더 좋은 차이 라테가 되는 것이다.

차이는 짜이라고 부르기도 하는데 인도를 비롯한 남아시아 지역에서 차를 일컫는 말이다. 인도는 차를 마시는 풍습이 없었으나 영국의 식민 지배를 받게 되면서 차를 마시게 되었다. 인도의 차이는 마살라 차이를 가리킨다. 이것은 홍차에 우유, 설탕, 향신료를 넣어 만든 인도식 밀크티로 영어로는 스파이스드 티라고 한다. 인도 사람은 하루를 차이로 시작해서 차이로 마감할 정도로 즐겨 마신다. 고급 호텔부터 노점상까지 어디서나 흔히 마실 수 있는 인도의 대중적인 음료가 된 것이다.

카페에서 흔히 마시는 차이 라테는 인도나 터키에서 마시는 차이(또는 짜이)와는 많이 다르다. 차이 본연의 맛이 우유의 단백한 맛을 만나면서 매력 넘치는 음료가 됐다. 마치 미운 오리 새끼가 백조가 된 것처럼 말이다.

모모는 소이 차이 라테를 받아들 때마다 감동한 표정을 짓는다. 받자마자 한 모금 마시고는 역시나, 하는 표정을 짓는다. 이것은 세상에서 가장 맛있는 차이 라테이고 당신은 최고의 바리스타라고 매번 나를 치켜세워준다. 이 음료를 열렬히 사랑한 나머지 알리는 데도 열성이다. 호주인 남자 친구를 매번 데리고 와서 정말 맛있지 않느냐며 같이 마시더니 격한 추천 덕분에 왔다는 친구도 여럿 있었다. 카페 장사가 그럭저럭해 가게를 접고 차이 라테교를 만든다면 그녀는 최초이자 최고의 신도가 될 것이다. 그리고 사마리아와 땅끝까지 차이 라테를 전파하러 갈 것이다.

얼어 죽어도 아이스로 주세요

팍시의 엑스트라 아이스 소이 라테

골드코스트는 기후는 아열대로 열대와 온대 중간 정도다. 겨울은 춥지 않으며 여름에도 폭염을 연상시킬 정도로 덥지는 않다. 한여름에도 습도가 지독하게 높은 날을 제외하고 그늘에 있으면 에어컨이 굳이 필요 없다. 겨울이라고 해도 낮과 밤의 기온 차이가 조금 더 있을 뿐 바다에서 수영을 할 수 있을 만큼 따뜻한 편이다. 집집마다 에어컨과 난방기기가 있지만 거의 사용하지 않는다. 자동차의 에어컨이 고장 나도 고치지 않고 여름을 보내는 사람도 있다. 골드코스트는 아무리 덥다 한들 살 만한 날씨다.

골드코스트의 살 만한 날씨는 많은 사람을 유혹에 빠뜨리고 있다. 여름에는 에어컨 없이 살 수 없는 시드니, 겨울이면 시베리아를 연상시키는 멜버른, 흐리고 칙칙한 날이 주를 이루는 뉴질랜드 등지에서 골드코스트로 이사를 오는 가장 큰 이유는 날씨 때문이다. 지구 반대편에 사는 사람도 골드코스트의 화창함을 겪고 나면 단박에 살고 싶어한다. 다른 곳에서 날씨를 크게 신경 쓰지 않고 살았지만 골드코스트에 살다 보면 날씨가 사람에게 얼마나 중요한지 실감하게 된다. 태국에서 골드코스트로 온 팍시도 비슷한 이유로 이곳에 왔고 우리는 커피 덕분에 만나게 됐다.

팍시는 태국 여자다. 백인의 호주 사람과 결혼해 살고 있으며 비데를 수입해 판매하는 회사에서 근무하고 있다. 사장은 호주 사람이지만 한국 사람을 포함해 많은 아시안이 일하고 있다. 아시아에서 발명한 비데를 가져다 파는 곳이니 아시안이 일하는 것이 훨씬 자연스럽다. 호주에서 비데는 오리엔탈리즘처럼 매우 흥미로운 장치로 취급받지만 노인과 장애인에게는 획기적인 편리함을 주는 물건이다. 호주 최초는 아니더라도 퀸즈랜드 주 최초로 비데를 팔고 있는 호주 사장은 최근에 람보르기니를 구입했다고 한다.

팍시를 비롯한 아시안은 주로 마시는 커피가 있지만 상황에 따라 다른 커피도 즐긴다. 음식 또한 다양하게 먹는데 카페 음식은 호주 현지식이라고 생각해서인지 특별한 날에 먹는 음식을 대하듯 한다. 그렇지만 아시안이 카페에서 유독 챙기는 것이 있다면 디저트이다. 그리고 디저트마저 이것저것 다양하게 먹는다.

팍시는 뉴스에이전시(신문이나 잡지를 파는 가게)를 두고 근처에 있는 카페에서 커피를 마셔왔다. 내가 만든 커피를 마시기 시작하면서 아주 쿨하게 옆 카페 흉을 봤기 때문에 잘 알고 있다. 브라우니, 바나나브레드를 사기 위해 종종 카페에 들르다가 어느 날 큰 결심을 한 표정으로 커피를 주문했다. 그녀는 주로 출근길에 카페에 들러 커피를 사 가지만 어떤 날에는 다른 카페 컵을 들고 다니기도 한다. 아시안답다.

팍시는 아이스 소이 라테를 마신다. 아침 식사를 거른 날에는 사워 도우를 토스트해서 가지고 간다. 그녀는 엑스트라 아이스를 부탁하는데 한국식 표현으로 얼음을 고봉으로 채워서 보여줘야만 만족스럽다는 표정을 짓는다. 거기에 소이 밀크와 에스프레소에 로우 슈거 한 스푼을 넣어 녹이고 부으면 된다. 하지만 이 간단한 커피가 더 많은 시간과 노동이 들어가는 따뜻한 커피보다 비싸다.

호주 카페에서 아이스 커피의 가장 큰 특징은 비싼 가격이다. 따뜻한 라테는 4천 원 정도인데 아이스 라테는 6천 원 정도에 판매한다. 다음으로 다양한 아이스 음료를 만들어 파는 한국 카페와 다르게 호주 카페 아이스 음료는 단조롭다. 아이스 아메리카노와 비슷한 아이스 롱블랙과 아이스에 밀크와 에스프레소만을 넣은 아이스 라테, 얼음과 우유를 넣고 에스프레소와 초콜릿을 섞어서 넣은 아이스 모카, 커피가 들어간 아이스 음료는 이 세 가지뿐이다. 여기에 사라져가는 메뉴인 호주식 아이스 커피라 부르는 커피가 있다.

아시안에게 아이스 커피란 얼음을 넣은 커피 중 하나를 의미하지만 나이가 지긋하신 호주 사람에게 아이스 커피란 호주식 커피를 뜻한다. 호주식 아이스 커피는 아이스크림을 얼음 양만큼 넣은 다음 우유와 에스프레소를 붓고 휘핑크림으로 덮은 후 초콜릿 파우더를 뿌린다. 아주 달짝지근한 호주식 아이스 커피는 한여름에 한국 사람이 팥빙수를 찾듯이 호주 사람이 즐기는 별미다. 설탕과 적당한 거리를 두며 사는 사람에게 아이스크림과 휘핑크림은 산성비 같은 것이다. 먹는다고 죽지 않지만 먹지 않는 것이 좋다고 생각한다. 하지만 호주식 아이스 커피는 역사 속으로 사라져가고 있다.

로스팅을 하기 전의 생두는 영어로 체리빈 또는 그린빈이라고 하는데 커피 벨트라고 불리는 남북 양회귀선 사이의 커피 재배에 적당한 날씨와 토양을 가진 곳에서 생산한다. 최초의 커피는 6세기 아프리카 에티오피아의 커피라고 알려져 있다. 시간이 흘러가듯이 커피 또한 지구 곳곳으로 흘러가 물 다음으로 많이 마시는 음료가 됐다. 커피 벨트는 다양한 종류의 생두를 생산해 내는데 맛과 품질에 따라서 가격 또한 천차만별이다.

생두를 생산할 수 없는 호주는 한국처럼 생두를 수입해서 로스팅한다. 이 커피는 카페로 가서 다양한 사람의 손을 거쳐 잔에 담겨 나오는데 호주에서 각광받는 커피는 스페셜티 커피이다. 지리, 기후, 생산지 등 다른 환경에서 자란 커피를 '미국 스페셜티 커피 협회

(SCAA)'가 여러 항목을 놓고 평가해 점수 80점 이상을 받은 우수한 등급의 커피를 말한다. 품질 인증 마크 같은 것이다. 카페는 스페셜티 커피를 제대로 된 커피라고 생각하고 가게 입구 광고판에 이를 당당하게 걸어둔다.

호주 사람은 순수하게 커피를 마시기 위해 카페를 가는데 테이블에 앉아 마시더라도 다 마시면 귀신같이 사라지고 없다. 그래서 카페를 정할 때 자신이 원하는 커피를 마실 수 있는 곳이어야 하는데 그 커피만 있다면 다른 문제는 무시할 수 있는 것들이 된다. 이와 다르게 아시안 손님은 카페를 선택할 때 여러 항목을 놓고 평가해 기준 점수를 이상을 받아야 한다. 커피의 맛도 중요하지만 인테리어도 중요하고, 가격도 중요하고, 직원의 서비스도 중요하다. 여기에 의자는 숙면을 취해도 될 정도로 편안한 것인가도 평가 항목에 들어간다. '스페셜티 커피 협회'가 커피를 평가하듯이 '스페셜티 카페 협회' 같은 것으로 카페를 평가하는 것이다.

아침마다 팍시는 환한 미소로 사람들의 기분을 좋게 만든다. 그러다 오늘은 어떤 걸 먹으면 좋을까, 하고 계산대 앞에서 골몰히 생각하고 있으면 나마저 그 생각에 끌려 들어가 바리스타가 아니라 '애매모호 도우미'가 되어버린다. 커피만 생각하며 열심히 커피를 만들다가 다른 일을 하러 잠깐 밖으로 뛰쳐나갔다 오는 것 같다.

우유 탓이 아니에요, 내 실수예요

키트와 타이의 아몬드 바닐라 라테

대부분의 사람은 아침 8시 전에 커피 한 잔을 마시고 출근하고 모닝 티타임에 커피를 마시러 카페에 오지만 키트와 타이는 티타임이 시작될 즈음 막 일어난 모습으로 나타난다. 키트는 온몸에 타투를 한 것도 모자랐던지 귓불에 100원짜리 동전이 통과할 만한 구멍도 냈다. 타이도 온몸에 타투를 했는데 키트가 귀에 신경 쓰는 동안 그는 머리에 많은 신경을 썼다. 그는 어깨 아래까지 내려오는 핑크색의 긴 머리에 굵은 웨이브 파마를 하고 야구 모자를 쓰고 다닌다. 온몸에 타투를 두르고 구멍까지 낸 그들이지만 무척이나 친절하고 예의 바르다. 덕분에 예술적 재능, 섬세함과 친절함을 필요로 하는 일을 할 것이라 생각했는데 예상대로 타투를 새겨주는 타투이스트이다.

호주는 길거리에서 타투숍을 쉽게 볼 수 있다. 치과에서 환자를 치료할 때 쓰는 의자가 듬성듬성 있는 공간에서 옷을 입은 것인지 타투를 입은 것인지 분간하기 힘든 사람이 기계음을 내며 사람의 몸에 타투를 새긴다. 키트와 타이도 늦은 아침에 일어나 커피를 마시고 오후가 되면 밤까지 그 일에 동참하는 것이다.

키트와 타이, 키트의 여자 친구까지 카페 근처 아파트에 살고 있다. 공교롭게 모두 바닐라 아몬드 라테를 마시는데 키트는 하프 샷 바닐라 시럽을 넣는다. 미학적인 의미를 새기는 일을 하는 그를 위해 컵 뚜껑에 미학적으로 보일 의도로 '1/2'이라고 적어넣는다. 그는 이마저도 이 카페의 장점이라고 생각할 것이다. 온몸에 타투를 한 그들이 시럽을 넣은 단 커피를 마시는 모습은 귀여움을 연상시키는데 거기서 그치지 않고 세 명 모두 채식을 한다는 것에 내 호기심을 자극했다. 이쯤 되니 왜 타투이스트가 됐을까 더 궁금해졌다.

우유, 유제품도 먹지 않는 완전 채식을 하는 비건, 우유와 유제품까지 허용하는 락토, 달걀까지 허용하는 오보 가운데 키트와 타이는 오보, 즉 우유와 달걀까지 먹는 베지테리언이다. 매일 카페로 오는 이 채식주의자들은 먹는 것에도 유난히 섬세함을 뽐낸다. 바닐라 아몬드 라테와 함께 아몬드 크루아상과 바나나 브레드를 번

갈아가면서 먹는다. 호주를 대표하는 대표 간식거리인 바나나브레드는 누르는 토스터로 굽고 버터까지 발라서 주는 게 일반적인데 이들은 '노 버터 바나나브레드'를 주문한다. 그들이 원하는 것을 낱낱이 알고 있는 걸 알면서도 매번 바나나브레드를 주문할 때 '노 버터'라고 말하는 걸 보면 다른 카페에서 깨나 낭패를 본 것에 트라우마가 생겨서일 것이다.

어느 날 키트는 유난히 배가 고픈 표정으로 베이컨 & 치즈 롤을 주문했는데 베이컨만 빼고 주문을 했다. 그들이 채식주의자라는 것을 알게 된 것은 이때였다. 비건이 아니라는 것을 확인하고 골드코스트 롤을 추천했다. 매콤한 치폴레 소스 위로 스크램블 에그, 치즈, 캐러멜라이즈 어니언이 환상의 조합을 뽐내는 이 메뉴야말로 오보 베지테리언이 먹을 수 있는 최고의 아침 식사라고 확신했기 때문이다. 그때부터 골드코스트 롤은 키트의 여자 친구가 가장 좋아하는 메뉴가 되었다.

키트는 타이보다 조금 더 가깝게 느껴지는 손님이다. 좀처럼 말을 아끼는 타이 때문이다. 이 두 손님이 나에게 각별한 이유는 좀처럼 실수를 하지 않는 내가 큰 실수를 했기 때문이다. 아몬드 밀크를 마시는 그들에게 풀 크림 밀크로 커피를 만들어 준 것이다.

둔한 미각을 가진 게 아니라면 누구나 맛이 다르다고 느낄 수 정도로 우유는 종류에 따라 맛도 크게 다르다. 맛만 다른 것이 아니라 기능 또한 달라서 손님이 주문한 우유를 넣어야만 한다. 에스프레소의 맛이 강하거나 약하다는 것은 커피가 이상하니 다시 만들어주겠다고 하면 별 문제 없다. 하지만 유당을 분해할 효소가 적은 사람이 락토스 프리 밀크가 아닌 다른 걸 마시면 소화 불량이나 설사를 겪을 수 있다. 이런 경우라면 바리스타가 100퍼센트 잘못한 것이지, 우유가 이상하니 다시 만들어주겠다고 할 수 없는 문제다.

키트는 평소와 다른 맛을 감지하고 카페로 와서는 다른 우유를 넣은 것 같다고 대단히 예의 바르게 말해주었다. 호주에서 커피를 만들면서 실수를 거의 하지 않았는데 엄청나게 민망함을 느낀 순간이었다. 훌륭한 나무꾼은 몸에 단 하나의 상처만 가지고 있다고 했다. 앞으로 이 하나의 상처만 가지고 커피를 만들어 나가자고 굳게 다짐한 순간이기도 했다.

bukee
LICENSED CAFE
ⓒato_season

©ato_season

당신의 로또에 행운이 깃들기를

피터와 애시의 더티 차이 라테

피터는 아프리카 대륙의 최남단 남아프리카공화국에서 골드코스트로 이민을 왔고 애시는 호주 최북단이라 할 수 있는 케언즈에서 골드코스트로 이사를 왔다. 60명 정도 되는 직원이 일하는 회사에서 처음 만난 두 사람은 늘 붙어 다닌다. 둘을 보고 있자면 죽이 잘 맞는 동료 같다.

피터와 애시, 둘 다 20대 중반의 백인으로 생김새와 마시는 커피가 다른 것뿐 많은 공통점을 가지고 있다. 아침에 배고프면 둘 다 베이컨 & 에그 롤을 먹고 점심에는 비프 & 치즈버거와 치킨버거를 번갈아가면서 먹는다. 언제나 점심을 먹고 커피를 마시러 오는데 조금이라도 출출하면 바나나브레드 또는 브라우니를 같이 먹는데 이마저도 통일해서 먹는다.

하지만 커피만큼은 마시고 싶은 걸 마신다. 피터는 플랫화이트를 마시다가 롱 마키아토로 바꾸었고, 지금은 더티 차이 라테를 마신다. 그에 비해 애시는 늘 카푸치노를 마시다 피터를 더티 차이로 인도하는 과정에서 잠깐 더티 차이 라테를 마셨지만 지금은 엑스트라 샷 카푸치노를 마신다.

호주식 마키아토는 에스프레소 샷 위로 스팀 밀크를 붓지 않고 스푼으로 부드러운 밀크 거품을 떠서 2~3스푼 정도 올려준다. 이렇게 하면 피콜로보다 더 강하며 에스프레소보다 약한 커피가 된다. 마키아토는 에스프레소와 피콜로처럼 가격은 가장 저렴한 편인데 호주 카페에서는 싱글 샷 기준으로 3천 원 정도의 가격이다. 호주에서 싱글 샷 커피는 커피를 모르는 사람이나 마시는 것으로 취급을 받는다고 생각될 정도로 더블 샷 커피가 주를 이룬다. 에스프레소나 피콜로에 더블 샷이 들어가면 이름 앞에 더블을 붙여 부르지만 마키아토는 롱 마키아토라고 부른다.

피터는 롱 마키아토를 자기 스타일로 개조했는데 더블 에스프레소에 뜨거운 물을 조금 더 넣어 에스프레소를 더 연하게 한 다음 우유 거품을 스푼으로 올려준 커피를 마신다. 그는 어떻게 불러야 할지 애매한 이 커피를 주문할 때 엄지와 검지로 작은 컵 모양을 만들어 보이며 '마이 유주얼(My Usual)'이라고 주문한다.

줄곧 플랫화이트를 마시던 피터가 커피에 변화를 주고 싶을 때마다 애시는 옆에서 조언을 한다. 그는 호주 사람이 그렇듯 일찍이 자기 커피를 정했고 한결같이 그 커피를 마신다. 피터가 실키한 질감의 우유가 가득한 플랫화이트와 도피처로 생각했던 마키아토 사이에서 방황할 때 더티 차이로 일탈을 부추긴 것은 애시다. 호주 사람은 의외로 커피 메뉴에 대해 해박한데 이는 어려서부터 단순히 커피를 마시는 것을 넘어 자신의 커피를 정해가는 과정이 있기 때문이라고 여겨진다.

더티 차이 라테는 차이에 에스프레소 샷을 추가한 것으로 호주 카페에서 은근히 인기 있는 메뉴다. 차이의 달콤함과 커피의 강렬함이 훌륭한 조화를 이루는 커피로 가격이 비싸지더라도 소이 밀크를 넣는 사람이라면 뭔가 제대로 아는 사람이라고 할 수 있다. 이런 사람에게는 더 정성을 쏟아 밀크 스팀을 해줄 필요도 있다.

피터와 애시는 점심시간이 끝날 무렵이면 어김없이 나타난다. 첫 커피는 출근길에 어느 카페에선가 픽업하고 모닝 티타임에는 사무실에서 캡슐 커피를 마신 다음 점심 식사를 끝내고 약간의 호사를 부리고자 카페에 가는 것이다. 가끔 아침 출근길에 커피를 사 가기도 하고 점심 식사를 해결하러 카페에 올 정도로 진한 단골손님이 된 그들이 카페에서 커피를 기다리며 겸사겸사 하는 일이 있는데 바로 로또이다.

도박이 합법인 호주에서 사람들은 넘치는 여유 속, 끊임없이 환상을 좇는데 로또나 베팅이 대표적이라고 할 수 있다. 한국에 수많은 로또나 복권을 파는 상점이 있듯이 호주도 비슷한데 단순히 복권만 파는 것 아니다. '포키(Pokie)'라고 적힌 간판을 단 상점을 거리에서 쉽게 볼 수 있는데 베팅머신, 스포츠토토, 로또 등 다양한 베팅을 합법적으로 즐길 수 있다. 종류가 너무 많아 가이드가 필요할 정도다.

젊은 사람들이야 일하기 바빠 포키에 들러 도박을 즐길 여유가 많지 않지만 은퇴하고 연금을 받아 살아가는 노인들은 포키와 호주식 음주가무를 즐길 수 있는 클럽에 일상의 대부분을 보낸다. 도심의 한복판에 벌건 대낮부터 불을 밝히고 영업을 시작하는 호주식 클럽에서 노인들은 삼삼오오 모여 커피를 마시고, 밥을 먹고, 술을 마시며 춤도 춘다. 이 클럽에 일반 사람도 출입할 수 있는데, 에이지 펜션(Age Pension)이라는 연금을 받는 사람에게는 디스카운트나 픽업 서비스 등을 해주기 때문에 노인이 주를 이룬다.

호주에는 다양한 로또가 있고 당첨 금액도 한국과는 비교도 안 될 정도로 많다. 그만큼 많은 사람이 베팅을 하기 때문인데 당첨금에 세금이 없다는 것도 놀라운 것 중 하나다. 결국 이마저도 베팅을 부추기는 동기 부여로 작용한다. 풍요 속의 빈곤이라고 했던가. 호주 사람은 좋은 복지와 아름다운 자연을 받았지만 많은 사람이 많은 돈을 들여 환상을 좇고 있다.

열심히 일하며 틈틈이 환상을 좇는 피터와 애시가 에이지 펜션을 받고 클럽에서 음주가무로 일상의 지루함을 녹여내려면 40년이나 기다려야 한다. 그때까지 두 사람은 열심히 일해서 복지와 노후를 위해 세금을 낼 것이다.

호주 어느 도심 모퉁이에 위치한 카페에서 매일 커피를 만들며 똑같은 사람을 매일 만나다 보면 단조로운 생활에 갇혀 있다고 생각될 때가 있다. 작은 공간은 커피 하나로 많은 사람을 끌어들이는데 다양한 국적, 민족, 문화를 가진 그들은 각자의 이야기를 가지고 온다. 고작 커피를 만들면서도 손님에게 혹여 실수를 했다면 단 1초도 후회하는 것에 사용하지 않고 다시 찾아오기만을 기다리는 것이 유일한 일이고 그래야 만회할 기회를 갖는다고 생각하는 나에게 미래는 과거와 비교할 수 없는 존재다.

커피가 가진 고유한 감성은 인간이 존재하는 곳이라면 쉽게 사라질 수 없다. 그 비전은 더 커피에 몰입하도록 했다. 전기차를 전문으로 생산하는 테슬라의 엘론 머스크가 세운 최초 민간 우주 항공 회사 스페이스 엑스(Space X)는 화성에 도시 건설이라는 위대한 실현을 앞두고 있다. 인류가 이룩해온 가장 고도의 기술로 만들어낼 그 도시에 사는 사람도 매일 커피를 마시기 위해 카페에 들를 것이다. 커피를 만들면서 그런 상상을 해보는 건 단조로운 생활에 활력이 된다.

식성은 다르지만 취향은 같아요
에드워드와 형제들의 에그 온 토스트

까만 선글라스를 쓰고 카페를 찾아오는 에드워드는 커피의 도시라 불리는 멜버른에서 왔다. 어쩌다 선글라스를 벗고 오면 누구였더라, 하고 생각해야 할 만큼 선글라스는 그의 한 부분이 됐다. 어느 날 브레키를 먹으러 카페를 찾은 이후로 한동안 똑같은 것을 먹으러 카페에 왔다. 그리고 커피를 마시기 시작했는데 멜버른에서 온 신사답게 블랙커피를 주문했다.

©Joel Park

흥미로운 것은 블랙커피를 마시는 사람이 굉장히 드물다는 것이다. 호주 사람이 우유를 넣은 화이트커피만을 좋아하기 때문이라고 여길 수도 있지만 블랙커피는 집이나 사무실에서 쉽게 마실 수 있다는 점도 원인일 것이다.

한동안 꿋꿋이 모닝 티타임을 이용해 아침과 점심을 동시에 해결하는 에드워드는 함께 일하는 동료를 데려오기 시작했는데 그렉, 제임스, 찰스, 또 다른 에드워드이다. 이 네 사람은 형제인데 이들의 부모까지도 종종 브런치를 먹기 위해 카페에 온다.

멜버른에서 온 에드워드와 달리 네 형제 가족은 영국에서 이민을 왔다. 이들은 마케팅 회사를 운영하고 있는데 사무실은 두 곳이나 되고 스무 명이 넘는 사람이 일하고 있다. 비즈니스 때문에 영국에서 온 이들은 골드코스트 날씨를 가장 큰 축복으로 생각하지만 비즈니스 환경도 환상적이라고 생각한다.

호주 사람과 일해 보면 쉽게 알 수 있다. 호주 사람이 얼마나 비싸고 느린지, 그리고 유독 자주 아프며 쉬는 날이 일하는 날보다 많아 보일 정도로 휴일을 사랑하는지 말이다. 이런 호주에서 이민자들은 손쉽게 성공을 쟁취해 왔다. 땅 짚고 수영하는 곳이라는 표현을 실감할 수 있다.

대부분 사람이 모닝 티타임을 끝내고 사무실로 돌아가 점심 브레이크만 생각하며 일에 열중할 시간에 에드워드와 네 형제는 브런치를 먹으러 카페로 와서 실외에 테이블을 붙여서 앉는다. 약간의 바람만 불어도 실내로 들어오는 호주 사람과 달리 지랄 맞다 싶은 영국 날씨를 겪어온 사람답게 웬만한 날씨에도 미소를 잃지 않는다.

에드워드가 혼자 카페에 올 때는 베이컨 & 치즈 롤을 사워 도우 빵으로 바꿔서 먹는다. 여기에 치즈를 빼고 토마토 렐리시 대신에 케첩을 늘 주문하는데 양파 알러지가 있기 때문이다. 하지만 네 형제가 출동하는 날에는 모두 에그 온 토스트에 각자 필요한 옵션을 덧붙여 먹는다. 이들의 특징이 있다면 첫째 그렉은 부모님보다 이 모임에 더 많이 빠진다는 것, 그리고 한 사람씩 돌아가면서 계산한다는 것이다.

에그 온 토스트는 어느 호주 카페에 가도 볼 수 있는 기본 메뉴로 한국으로 치자면 비빔밥 같은 메뉴다. 비빔밥에 기본적으로 밥을 놓고 갖가지 재료를 올려주듯이 얇게 자른 사워 도우 빵을 토스트하고 위로 두 개의 달걀을 올리는데 달걀을 어떻게 요리할 것인지 선택한다. 한국에서 수란이라고 하는 포치드, 스크램블, 프라이, 보일드 가운데 호주에서는 포치드 에그가 기본이라 할 수 있고 다른 문화권의 사람들은 스크램블 에그나 프라이 에그를 좋아한다. 이 기본 메뉴의 가격은 7천 원에서 9천 원 정도인데 여기에 4천 원 정도의 추가 요금과 함께 베이컨, 아보카도, 스모크 살몬, 할로미 치즈, 구운 버섯, 구운 토마토, 시금치 등을 옵션으로 추가하면 2만 원을 넘게 된다. 여기에 특별한 소스를 더하지 않고 소금, 후추, 버터를 취향대로 곁들이면 된다.

멜버른에서 온 에드워드는 잡곡과 비슷한 멀티 그레인 사워 도우 위로 프라이 에그에 베이컨을 추가해서 먹는다. 그렉은 사워 도우 위로 포치드 에그, 베이컨을 추가한다. 제임스는 멀티 그레인 사워 도우 위로 프라이 에그, 베이컨, 4분의 1의 아보카도를 추가하고, 찰스는 사워 도우 위로 포치드 에그, 베이컨을 추가한다. 그리고 막내 에드워드는 사워 도우 위로 프라이 에그, 더블 베이컨에 엑스트라 버터를 곁들여 먹는다. 여기에 각자 콜라나 커피를 추가해서 먹는데 다섯 명만 와도 10만 원 가까이 되는 돈을 계산하게 된다.

한국 사람에게 에그 온 토스트를 팔 때면 민망한 마음이 들곤 한다. 그만큼 뭔가 부족하고 엉성하다 싶은 이 메뉴는 호주 카페를 대표하는 메뉴다. 베이컨 & 에그 롤이나 에그 베네딕트가 김치찌개나 된장찌개에 가까운 음식이라면 에그 온 토스트는 비빔밥으로 비유하는 게 맞지만 존재감으로 보자면 백반에 가까운 메뉴다. 호주 카페에서 이 메뉴를 제외한다는 건 큰 모험이다.

신맛이 나는 빵이라는 뜻의 사워 도우는 한국말로 천연 발효빵 정도로 부르면 좋을 듯하다. 뚱뚱한 바게트를 연상시키는 이 빵은 독특한 풍미가 있고 보존 기간이 긴 것이 특징으로 유럽인이 주로 먹는 빵이다. 그리고 호주에 건너와서 가장 사랑받는 빵이 됐다. 공기 중에 존재하는 효모균을 이용해서 발효시켜 만드는데 밀가루를 주원료로 하는 화이트 사워와 호밀가루를 주원료로 하는 라이 사워가 있다. 호주에서 화이트 사워는 플레인 사워라고 부르는데 여기에 잡곡을 넣은 멀티 그레인 사워도 있다.

사워 도우는 버터, 달걀, 설탕 등 맛을 내는 재료를 넣지 않아 시큼하게 발효되는 밀가루 본연의 맛을 가장 잘 느낄 수 있는 빵이다. 하지만 맛은 둘째 치고 딱딱하다는 것이 큰 흠이다. 구워서 바로 먹으면 그럭저럭 먹을 만하지만 손님 테이블까지 가는 도중에 식어버리면 손님은 팔뚝에 힘줄까지 보이며 빵을 잘라 먹게 된다. 하지만 이 빵은 식자재의 가공과 조미료 첨가를 극도로 자제하는 로우 푸드를 즐기는 호주 사람 취향에 가장 맞는 빵이라고 할 수 있다.

영국의 역사를 보면 100퍼센트 신사적이었다고 할 수 없지만 세계는 '신사의 나라'라고 부른다. 에드워드와 함께 일하는 네 형제는 영어 악센트뿐만 아니라 음식을 주문하는 것도, 먹는 것도 대단히 신사적이다. 긴 바지에 구두를 신고 날씨가 약간이라도 선선하면 카디건을 걸치고 나타난다. 영국에서 가끔 햇빛이 있는 날에나 선글라스가 필요했을 테지만 골드코스트는 신발만큼이나 선글라스가 필요한 곳이다.

골드코스트에는 간간이 비가 내린다. 이럴 때 호주 사람은 우산을 쓰지 않고 비를 맞는다. 가끔 찾아오는 자연의 축복을 만끽하듯이. 우기와 건기가 있어서 우기에 종종 며칠 동안 이슬비, 가랑비, 소나기를 번갈아가며 내리는 것이 이곳 장마다. 비 오는 날이 이어지더라도 뜬금없이 햇살이 모습을 드러내곤 한다. 덕분에 무지개를 실컷 볼 수 있다. 이런 도시에서 비가 내려 기분이 처지는 날에는 날씨가 삶에 얼마나 큰 영향을 끼치는지 새삼 깨닫는다. 언제나 테라스에 앉아 선글라스를 끼고 햇살을 받으며 브런치를 먹는 그렉, 제임스, 찰스와 두 에드워드는 지극히 평범한 호주식 브레키를 먹으러 카페에 오는 것 같지만 이것이 호주에서의 삶은 어떤 것인지 보여주는 또 하나의 단서다.

婴儿奶粉
Baby Care
保健品
Healthy Care
护肤品
Skin Care
减肥养生
Weight Care
羊毛制品
Wool Products
海参花胶
Dried Seafood
蜂产品
Bee Products
回国礼品
Gifts & Souvenirs

ⓒato_season

바리스타지만 페인트칠도 가능해요

프랭크의 카푸치노

대만에서 이민을 온 프랭크는 이 동네의 큰 손이라고 부를 수 있을 만큼 누나, 동업자와 함께 골드코스트에 10개 정도 되는 상가를 투자 목적으로 소유하고 있다. 하지만 빈 상가가 더 많다. 덕분에 상가 하나는 아내가 뷰티 살롱을 운영하고 있고 하나는 친구가 일본 라면집을 운영하고 있으며 여동생은 세탁소를 운영하면서 그가 관리하는 사업의 회계 일을 하고 있다. 카페가 있는 건물도 대만 출신 할머니가 소유주인데, 이렇듯 잘 뭉치는 화교 특징이 골드코스트에서도 어김없이 발휘된 것이다.

프랭크는 언제나 소탈한 옷차림으로 온갖 일을 직접 처리하러 다니기 때문에 건물주다운 여유를 찾아보기는 힘들다. 다른 나라에서 열심히 일하며 살아가는 평범한 외국인처럼 보일 뿐이다. 하지만 행동에서 풍기는 부지런함과 표정과 말투에서 풍기는 믿음직스러움 덕분에 주변 사람 누구나 그와 일하고 싶어할 것이다.

이 동네에서 프랭크가 어떤 사람인지 안다면 그 존재감을 무시할 수만은 없다. 카페 사업주 입장에서 보면 먼저 뷰티 살롱에만 여섯 명 정도의 직원이 일하고 있고, 일본 라면 가게도 마찬가지다. 거기에 세탁소까지, 본인과 함께 사업하는 동업자들까지 합하면 그가 마음먹는 것에 따라 하루에 열 잔이 넘는 커피도 팔아줄 수 있기 때문이다. 그가 일군 중소기업에서 처음 커피를 마시러 온 사람은 뷰티 살롱에서 일하는 노조미라는 일본 여자였다. 그가 하는 사업의 실체를 알려준 건 부동산 사무실을 운영하는 이합이다. 그는 손님으로서도 놓치지 말아야 할 사람이기도 하지만 하는 일만으로도 호기심을 충분히 자극하는 사람이다.

프랭크는 설탕 한 스푼을 넣은 카푸치노를 마신다. 사실 그는 어떤 커피라도 상관없이 마실 것처럼 보이지만 그래도 20년 가까이 호주에서 살아온 덕분인지 남들처럼 자신의 커피를 꾸준히 마시고 있다. 그녀의 와이프는 플랫화이트를 마시는데 늘 컵을 가져와 커피를 가져간다. 두 사람은 거의 매일이나 다름없이 카페에 와서 커피를 마시고 함께 일하는 직원들 역시 간간이 카페에 들른다.

단골손님에게는 정확하고 일관된 커피를 만드는 데 온 신경을 쏟는 반면 프랭크에게는 최대한 빨리 커피를 만들어주려고 한다. 부지런히 뛰어다니는 와중에 커피를 주문하고자 왔기 때문이다. 그가 카푸치노를 주문할 때마다 "설탕 한 스푼 맞지?"라고 확인해주어야 할 만큼 그는 정신없이 주문을 하고 커피를 받자마자 빠르게 사라진다. 커피 중독이라고 보기 힘든 그는 내가 카페에서 커피를 만들며 자리를 지키고 있지 않았다면 굳이 들르지 않았을 확률이 더 크다. 상가 내에 5개나 더 되는 카페가 있지만 그와 몇몇 직원들이 내 커피를 마시러 오게 된 데에는 나름의 사연이 있다.

프랭크는 여러 부동산을 소유한 사람답지 않게 굉장히 열심히 산다. 그가 그렇게 살고 있는 건 호주의 부동산 투자가 쉽지만은 않기 때문이다. 한 단지 내에 6개나 되는 부동산을 소유하고 있지만 임대를 준 부동산은 단 한 곳뿐이다. 그의 아내, 친구, 동생이 운영하는 상가를 빼고 두 곳은 오랜 시간 비어 있다. 이렇듯 소득 없이 상가를 가지고 있을 경우에 건물 전체를 관리하는 매니지먼트에 관리비를 내야 하고 시청에 세금을 내야 하는데 이 두 항목이 전체 임대료의 30퍼센트 정도를 차지한다. 상가가 임대되지 않을 때 생기는 부담을 덜기 위해 보험에 들지만 이마저도 지출이다.

건물주라는 타이틀을 가지고 살아가는 프랭크는 열심히 일을 해서 손실을 메우며 살아가야 한다. 그는 하루도 쉬지 않고 여기저기 일을 해가며 이익이 생길 날을 기다리는 것이다. 그 와중에 커피를 마시고 간단히 식사를 한다. 그리고 또 일을 보러 간다.

이런 프랭크가 되도록 내가 파는 커피를 마실 수밖에 없게 된 것은, 어느 날 우연히 카페 인테리어에 대해 물어온 날부터다. 상가 하나를 임대하기 위해 많은 공을 들이고 손실을 감수해가며 임차인과 협상을 했지만 성사되지 않자 차라리 세탁소라도 오픈해서 손실을 메워야겠다고 마음먹은 것이다. 최소한의 비용으로 세탁소를 차리기 위해 직접 페인터 공을 불러 바닥과 천장에 칠을 하고 전기업자를 불러 조명을 달았다. 그리고 세탁소의 모양새를 갖추기 위해 벽을 세우고 가구 설치에 대해 알아보려고 여기저기 다니던 중 내게 들렀다. 뭐라도 건질 수 있을까 했던 것이다.

호주는 카페뿐만 아니라 어느 업종이든 인테리어 전문 업체를 통할 경우 한국보다 3배 정도 더 비용이 들어간다. 이러다 보니 작은 공사는 직접 해결하는 것이 가장 좋다. 하지만 상가에서 공사를 진행할 경우 건물 매니지먼트에 허가를 받아야 하는데 이때 인테리어 사업체의 라이센스, 보험 등의 다양한 서류가 필요하다 보니 비용이 더 발생한다.

내 경우에는 필요한 날짜만큼 목수를 고용했고 직접 필요한 자재를 공수해 비용과 시간을 획기적으로 절감했다니 이것이 프랭크에게 큰 인상을 준 모양이었다. 하지만 쉬워 보이더라도 아무나 쉽게 할 수 있는 방법이 아니다. 인테리어에 필요한 것들을 구체적으로 물었는데 디자인부터 시공까지 맡기는 것이 어떻겠냐고 제안을 했다. 시안을 그려 보여주고 들어갈 비용도 알려주었다. 그가 상상할 수 없는 디자인과 비용이었을 것이다. 그는 고민하는 데 하루도 걸리지 않았다. 단박에 필요한 금액을 보내왔다. 약속된 시간보다 조금 더 지체되고 자재 비용이 약간 더 발생했지만 그가 만족할 만한 세탁소를 만드는 데 성공했다.

세탁소 공사뿐 아니라 일본 라면집과 뷰티 살롱에 여기저기 손볼 곳까지 부탁했다. 낡은 곳을 보수하고, 끈적거리는 가구에 페인트칠도 해야 했으며 얼룩진 천장을 보수하고 떨어진 커튼도 달아야 했다. 전문 업체의 손길이 필요한 부분만 최소한으로 고용했고 필요한 자재를 직접 사 달라고 해서 직접 모든 보수 공사까지 마무리했다. 공사가 하나씩 끝나갈 때마다 연신 고맙다고 악수를 건네는 그의 표정에서 신세는 어떻게든 갚겠다는 의지가 보였다. 그것을 잘 알고 있었으므로 먼저 호의를 베풀었을 뿐이다. 공사가 끝나고 프랭크와 그 아내, 직원들은 전과 비교할 수 없을 정도로 꾸준히 카페에 와 커피를 마신다. 충분히 신세를 갚았다고 생각할 때까지 꾸준히 나를 찾아올 것이다.

카페에서 커피를 만드는 일은 단순한 과정이지만 이를 매일 원활하게 반복하기 위해서는 부수적인 일들이 뒷받침되어야 한다. 사람이 더이상 커피를 마시지 않는 한 커피를 판다는 일은 언제나 성공 가능성을 가지고 있다. 모로 가도 서울만 가면 된다는 말처럼 어쨌든 카페는 단골손님을 최대한 많이 만드는 것이 중요하다. 더 많은 커피를 팔기 위해 저녁에 페인트칠도 해야 한다 해도 말이다.

ⓒato_season

당신은 훌륭해요, 외상은 달갑지 않지만
케빈의 크루아상

나이가 들어 전동차를 타고 다니는 케빈은 거동이 불편한 것도 모자라 목 수술 때문에 말조차 제대로 하지 못한다. 운동도 하지 못하니 배가 잔뜩 불러 오른 그를 보통 사람은 괴팍하다고 생각할 것이 빤하다. 하지만 그는 의외로 기력이 넘쳐서 매일같이 커피를 마시고 음식도 잘 먹는다. 게다가 종종 와인도 한 잔씩 즐길 정도니 늙은 장애인 취급을 해서는 안 된다. 어찌나 말이 많은지 카페에 오면 쉬지 않고 말을 걸어오지만 알아먹을 수 있는 단어는 적다. 그저 눈치껏 듣고 알아채야 한다. 다행히 카페에서 요구하는 것이 한정적이라 생각하면 눈치껏 행동하기 편하다. 커피인지 물인지, 버거인지 달걀인지 정도만 눈치껏 맞춰도 되는 데다 실수에 연연하지 않을 정도로 너그러운 면도 가지고 있다.

케빈이 매일 오후 전동차를 몰고 카페에 오게 된 것은 그리 오래되지 않은 일이다. 몇 달 전 처음 카페에 들렀던 적이 있지만 그때의 그는 무척 뜻밖의 손님이었다. 그렇게 사라졌다가 어느 날 카페에 다시 나타난 것이다. 얼핏 보면 쉬지 않고 말을 하는 데다 움직임이 범상치 않아 누구나 귀찮아할 법한 손님을 부축해 카페 안으로 모시고 들어왔다. 어쩌면 그런 것들이 그에게 친근함으로 다가갔을 것이다. 예전에 다른 카페 안에 있는 그를 종종 봤지만 그는 어느 카페에서나 환영받을 만한 손님은 아니다.

거동이 불편하고 의사소통까지 힘든 케빈은 고약한 습관까지 가지고 있다. 지갑을 잘 가지고 다니지 않는다는 것이다. 어느 날 대뜸 커피값을 내일 주겠다고 했는데, 그 말에 괜찮다고 한 것은 얼마 되지 않는 돈이라는 이유도 있었지만 그는 상습적이다.

호주에서는 노 쇼(No Show)라는 비매너를 경험하기 힘들다. 또한 계산하지 않고 사라지는 사람도 없고, 결제 단말기가 고장 나서 다음에 와서 계산해줄 수 있냐는 부탁도 어기지 않고 들어준다. 그러니 케빈이 호주 사람인 이상 계산을 하러 올 것은 분명했고 그는 약속을 지켰다. 그는 종종 외상을 달고 사라지지만 이런 문제에 예민하면 다양한 손님을 품을 수 없다.

케빈은 에스프레소 싱글샷 라테를 마신다. 스몰 사이즈 테이크 어웨이 컵에 4분의 3만 채운 커피를 주문한다. 케빈이 커피를 마시면서 함께 즐기는 것이 있다면 크루아상이다. 기본 크루아상을 반으로 갈라 버터와 딸기잼을 충분히 바르고 토스터로 압축해 달라고 한다. 그가 하는 말을 알아듣기 힘들어 정확히 어떤 것을 원하는지 알아내는 데는 몇 번의 시행착오가 필요했다. 케빈은 주문한 음식을 받아들고는 엄지를 치켜세워 보인 후 능수능란하게 먹는다.

크루아상은 프랑스어로 초승달을 의미하는데 프랑스를 대표하는 빵으로 알려져 있다. 하지만 역사 깊은 헝가리의 빵으로 오스트리아로 전해지고 프랑스 루이 16세의 왕후가 된 오스트리아의 마리 앙투아네트에 의해 프랑스에 전해졌다.

크루아상은 반죽할 때 버터 층을 밀가루 반죽 사이로 겹겹이 넣어서 지방분이 많으면서도 짭짤하고 담백해 유럽에서 아침 식사로 많이 이용된다. 빵의 나라 프랑스에 가면 편의점에서도 아침마다 갓 구운 빵을 파는 코너가 있는데 크루아상은 가장 인기 많은 빵이다. 프랑스에서 크루아상을 먹어본 사람이라면 누구나 공감할 테지만 바삭한 겉과 부드러우면서도 쫄깃한 속은 감히 어느 나라에서도 흉내낼 수 없는 수준이다.

케빈은 젊었을 때 가구 회사를 운영했다고 한다. 싱가포르, 홍콩, 말레이시아 등의 나라를 오가며 가구를 만들어 수입하고 수출했다. 이 사실을 정확히 이해하는 데도 몇 번의 시행착오가 필요했다. 그는 비즈니스가 하락세를 걷고 더이상 운영하기 힘들어지면서 아들에게 물려주지 않고 팔았다고 한다.

호주에는 가구 공장이 없다. 가구는 대부분 해외에서 제작하고 수입해오면 조립하고 형태를 변경하여 마감하는 것이 호주에서 할 수 있는 정도다. 해외에서 가구를 저렴한 가격에 사서 가지고 와도 운반 비용에 세금, 그리고 사람의 손을 거치면서 아주 비싼 가구가 된다. 카페를 오픈할 때 필요한 가구 절반을 한국에서 직접 주문하고 배송해 오면서 알게 된 사실이지만 똑같은 가구라도 호주에서 사면 한국의 3배 정도의 가격을 내야 한다. 한국에서 5만 원에 살 수 있는 의자는 중국에서 2만 원에 살 수 있다. 중국에서 한국까지 거리가 가까운 덕분에 큰 차이는 없다. 하지만 5만 원짜리 의자가 호주로 오면 운반 비용을 포함해 이것저것 비용이 붙다 보니 3배까지 치솟는 것이다. 호주에서 가구 사업이라면 유통업에 가까운 사업이다.

호주에서 유통업, 도매, 자영업 등 어떤 사업이라도 눈을 감고 귀를 닫지 않는 이상 실패하기 힘들다. 광활한 땅에 사는 호주 사람은 무엇을 하려고 노력하기보다 하지 않으려고 노력하며 살다 보니 무엇을 해도 적당한 시간을 들이고 알려지고 나면 늘 바쁘게 일을 한다.

어느 날 케빈이 카페 인테리어를 칭찬하며 스마트폰으로 번뜩일 만한 인테리어 사진을 보여주었다. 그는 젊은 시절 무척 똑똑한 사람이었으며 나이 든 지금도 여전히 똑똑하다. 하지만 불편한 몸 때문에 그를 따뜻하게 받아주는 카페는 드물었으리라. 그가 카페에 올 때마다 얼굴에 미소를 짓고 주먹을 내밀며 갱스터 악수를 하는 것만으로 충분히 알 수 있다.

케빈을 만나면서 고객 한 명이 어떤 의미를 갖는지 새삼 깨닫게 되었다. 그로 인해 카페를 오는 수많은 단골손님이 각자 얼마나 크고 무거운 존재감을 갖고 있는지 되돌아보게 되었다. 똑같은 손님은 없다. 모두 다른 모습을 하고 다른 말투에 각자의 방식으로 주문을 하고 각자의 방식으로 사라진다. 하지만 모두가 같은 이유로 소중하다. 그들이 내민 손을 어떤 식으로든 최선을 다해 맞잡아 주는 것이라고 생각하게 한다.

이상과 현실 사이는 거리가 있다. 카페를 운영하다 보면 생각했던 것처럼 안 될 때가 많다. 떠나보낸 손님은 어쩔 수 없다. 후회 대신 다짐을 하는 것이 좋다. 어차피 이제 안 올 사람이라는 체념과 어쩌다 다시 올 수 있다는 희망을 동시에 갖는 다짐 말이다. 하지만 떠나보내지 않을 수 있다면 최선을 다해 손님을 지켜가는 것이 좋다. 손님과 개인적인 친밀함까지 쌓아갈 수 있다면 더할 나위 없겠지만 그렇지 않더라도 안심을 줄 수 있어야 한다. 이 카페에서는 하루 한 잔밖에 마실 수 없는 커피를 기분 좋게 마실 수 있다, 하는 안심을 말이다.

ⓒato_season

SEVEN
ROASTERS

스스로 던진 질문에 답을 찾아가는 시간

'연금술사'라는 소설에서 주인공 산티아고가 일하는 크리스털 가게 주인은 죽기 전 메카로 성지순례를 가는 꿈을 가지고 있다. 산티아고는 자신의 꿈을 언제든 실현할 수 있지만 하지 않는 주인을 이해할 수 없다. 급기야 주인에게 이유를 물었더니 꿈이 있어서 열심히 살아가고 있는데 그 꿈을 이루고 나면 그런 의지를 잃어버릴까 두렵다고 대답했다. 꿈과 목표는 삶의 동력이 되어 준다. 카페를 오픈하면서 세웠던 목표에 다다르고 나니 크리스털 가게 주인의 마음이 조금은 이해가 됐다. 그래서였을까, 물고 빨며 애지중지 키워낸 이 가게를 그만두는 것도 가능하다고 생각하게 됐다.

카페가 연일 성업을 이어가다 보니 종종 카페를 팔 생각이 없냐며 찾아오는 사람까지 생겨났다. 코로나 팬데믹으로 도심의 수많은 비즈니스가 폐업하면서 호주 정부는 고육지책으로 스몰 비즈니스 투자 비자를 파격적으로 확대했다. 호주에서 대학교를 졸업한 사람이 2년 이상 영업한 비즈니스를 구입하는 데 10만 달러 이상을 투자하고, 호주인 2명을 고용해서 6개월 이상 영업을 했을 때 영주권 신청할 자격을 주는 비자가 생긴 것이다. 영주권을 얻기 힘든 호주에서 이런 기회는 쉽게 찾아오지 않는다.

몇 억 원 정도는 쉽게 쓸 수 있는 중국인들은 이 기회를 이용해 영주권을 얻으려고 웃돈을 주고서라도 비즈니스를 구입하는 데 열을 올렸다. 그 덕분에 거의 매일 중국인 에이전트, 혹은 개인이 카페를 팔 생각이 없느냐며 찾아왔다. 신이 준 천금 같은 기회라고 생각했다. 이미 주변의 모든 카페를 닫아 주시고 어디 한번 잘해봐, 하며 기회를 주신 지 얼마 지나지 않아서 또 이런 기회를 주신 것이다.

중국인 바이어 2명을 두고, 그중에 돈을 더 주겠다는 사람과 새로운 관계의 시작으로 이어질 수 있는 사람 중에 골라야 하는 상황이 되었다. 서로가 부르는 가격에는 2만 달러의 차이가 있었지만 덜 받더라도 새로운 관계의 시작으로 이어질 수 있는 바이어를 선택했다. 카페를 파는 것으로 호주에서 비즈니스는 끝이 아니라 이제 다시 시작하는 것이기 때문이다. 한 치 앞을 알 수 없는 것이 인생이라지만 그러는 척이라도 해보는 것이 낫다고 생각했다.

주식에 투자한 돈은 충분히 불어나 있었고 카페까지 팔고 나면 카페 3개 정도는 오픈할 수 있는 자금이 생긴다. 이 돈이면 테슬라 자동차를 사고 근사한 아파트에서 혼자 살면서 바리스타 일을 계속해도 되고, 코로나 팬데믹이 끝나고 과열된 경기를 식혀줄 금리 인상이 시작되기 전까지 투자를 계속 이어가도 좋을 것이다. 아니면 또다시 가슴 뛸 만한 일에 도전하는 것이다.

인생을 송두리째 흔들 만한 기회는 쉽게 찾아오지도 않고 유무를 판단하기도 힘들다. 그 기회가 왔을 때 향유하는 것만큼 멋진 일이 있을까. 끊임없이 상상하고 사색하며 실천하는 사람으로 살아가는 것이 그 향유에 최대한 다가서는 것이리라.

비즈니스 매매 계약서를 작성하기도 전에 바이어가 지정한 두 명의 직원이 카페에서 견습을 시작했다. 호주의 특성상 카페 주인이 바뀌면 단골손님들이 큰 혼란을 겪기 때문에 나는 카페를 운영할 매니저를 선임하고 긴 휴가를 떠나는 것으로 말을 맞춰 두었다. 그리고 종종 카페에 들러 커피를 마시며 주인 행세를 해달라는 부탁을 받았다. 덕분에 당분간 커피값이 굳게 생겼다. 부동산 매매 계약 전에 보증금으로 5,000달러를 받고, 변호사 사무실에서 비즈니스 매매 계약서에 사인을 했다.

기회는 위기 속에서 더 밝게 빛난다. 이는 유독 그것을 갈급하는 사람에 한해서다. 나는 운영하던 카페를 판 돈과 주식 시장 폭등에서 번 돈으로 기회를 사 모으기로 했다. 이미 보유한 자금만으로 몇 개의 사업장을 오픈할 수 있다. 거기에 더해 코로나 팬데믹 동안 한 가게를 지켜오며 쌓은 평판은 충분한 투자자를 불러왔다.

은행 이자가 낮아 은행에 있을 수도 없는데 잔뜩 과열된 주식이나 부동산 시장의 가격이 떨어질 것을 예상할 수 있는 사람이라면 부단히 돈을 어디로 옮겨야 하는가에 혈안이 될 수밖에 없다.

관심사가 비슷한 사람은 자성이 서로를 끌어당기듯이 서로 어울리게 된다. 이미 주변 비슷한 사람이 모여들었고 이 중에 건물을 가지고 있는 사람들은 코로나 팬데믹 동안 생존을 넘어 성업을 기록했던 필자에게 많은 제안을 해왔다. 그 제안은 너무나 파격적이라 거절할 수 없는 것이기도 했다.

지난 몇 년간 카페에서 쌓아온 경험 덕분에 배운 게 도둑질이라고 요식업이 가장 리스크가 적으며 익숙한 일이 되어 버렸다. 무엇을 어떻게 하는가, 하는 문제에 답을 제시할 수 있다면 성공은 아주 가까이에 있다. 대부분의 사람은 그 가까운 거리마저 깊이를 거론하며 두려워한다. 한낱 조그만 식당이라 할지라도 자신이 요리를 할 수 없으면 하지 않는 것이 답이라고 하지만 훌륭한 요리를 할 수 있는 사람은 넘치고 넘쳤다. 사업이란 모두에게 똑같을 수 없지만 남들이 간과하는 것을 볼 수 있는 통찰력, 보고 싶은 것이 아니라 보아야 할 것을 보는 강단, 막막함 속에서도 부단히 전진하는 인내와 끈기에 그 성공이 달렸다.

실패는 성공의 과정이라지만 고통스러운 것이다. 현명한 사람은 실패로 인한 고통을 피해가든지 최소화한다. 조금 더 깊이 생각해 보고, 현명한 사람으로부터 조언을 구하다 보면 실패를 피해갈 수 있다.

또다시 담대한 도전을 시작하기에 앞서 여러 가지 계획을 가지고 있었는데 이는 몇 가지 조건에 부합해야 했다. 유행에서 멀어지지 않을 것, 성업 중인 가게도 문을 닫을 수밖에 없을 정도의 인력난은 언제든 다시 올 수 있으니 인력의 부재에서 리스크가 적을 것, 언제든 다시 찾아올 수 있는 팬데믹의 위기를 버틸 수 있을 것 등이었다. 요식업으로 카테고리를 한정 지어보면 어떤 형태와 구성으로 사업장을 갖추고 운영해 가야 하는지 더 쉽게 답에 다가갈 수 있다.

비즈니스는 식물과 닮았다. 식물의 종류만큼이나 비즈니스의 종류도 다양하다. 어떤 것은 수천 년의 역사를 가지고 있고 어떤 것은 어느 날 갑자기 생겨나기도 한다. 어떤 것은 엄청난 가치가 있고 어떤 것은 가치가 없다. 어떤 것은 강인해서 잘 자라지만 어떤 것은 극도로 예민해서 엄청난 신경을 쏟아붓는다 해도 죽어버리고 만다. 그리고 끊임없이 환경과 시대에 맞추어 바뀌고 진화한다.

내면의 소리에 귀를 기울일 것인가, 아니면 시장의 현실에 적응하며 살아갈 것인가. 이 질문에도 참된 답이란 존재하지 않으며 모두가 각자 알맞은 답을 찾아 조화를 이루는 것도 쉽지 않다. 링크드인 대표인 리드 호프먼은 당신이 인생의 어떤 단계에 있든, 당신이 삶에서 핵심이 되는 한 가지 열정을 정확히 포착하려는 시도는 무모하다고 했다. 지속적인 시행착오를 통해 자신들이 세운 가설을 검증함으로써 불확실성을 뚫고 전진하는 사업가들처럼 어떤 상황이든 현실에서 당신이 세운 가설을 검증해 주는 건 계획이 아닌 실행이라며, 스스로 올바른 방법을 찾아 유연하게 대처하고 칠흑 같은 경쟁 세계에서 자신만의 북극성을 찾기 위한 여정을 떠나야 한다고 했다.

내면의 소리를 듣고 정체성을 찾아가는 길에서 무수히 많은 실수와 실패를 만날 것이다. 그 끝은 해피엔딩이라는 보장이 없으며 어디서 끝나는가 알려주는 이정표도 없다. 그럼에도 열정과 헌신적인 자세로 그 길을 가는 것은 중요하다. 모든 인간은 사업가이고 성공한 사업가가 되어야 하니 말이다.

동명의 소설과 영화 '세상의 중심에서 사랑을 외치다'의 주인공이 향한 곳은 호주 울룰루이다. 울룰루의 거대한 바위산은 지구에서 가장 큰 바위로 알려졌는데, 오래전부터 호주 원주민에게 신성한 장소였고 현재는 인기 있는 관광지가 됐다. 울룰루까지 비행기로 3시간 거리에 있는 골드코스트에서 5년을 살아왔다.

삶은 고스란히 골드코스트에 둔 채로 세상의 중심에서 지구의 배꼽이라 부르는 거대한 바위를 바라보며 스스로 질문을 던지고 답을 찾아보았다. 나는 어디로 가고 있으며, 무엇을 하고 살아가야 하는 존재일까. 그간의 인연과 여행한 곳들이 세세히 떠올랐다. 그리고 현실을 이성적인 자세로 받아들여야겠다고 다짐했다.

누군가 바라볼 수 있는 인생을 가꾸어 간다는 것은 대단히 멋진 일이다. 인생은 혼자일 수 없다는 생각은 실로 오랜만이었다. 시대의 흐름과 환경의 변화를 주시하고 해야 할 일들을 정렬해보았다. 당분간 그것을 실행하는 인생을 살아내야 한다고 다짐하며 비행기에 몸을 싣고 삶이 있는 곳으로 돌아왔다. 전보다 더 단단하고 간결하며 깔끔하게 살아가고 싶다고 생각했다.

Z-VOUS
©ato_season